·河南省作家协会重点作品扶持项目·

马骨琴

青年作家文丛

牛红丽 著

河南文艺出版社
·郑州·

图书在版编目(CIP)数据

马骨琴/牛红丽著. —郑州:河南文艺出版社,
2020.8(2022.5重印)
(青年作家文丛)
ISBN 978-7-5559-1043-5

Ⅰ.①马… Ⅱ.①牛… Ⅲ.①短篇小说-小说集-
中国-当代 Ⅳ.①I247.7

中国版本图书馆 CIP 数据核字(2020)第 126448 号

策 划	李 勇	
责任编辑	刘大龙	暴晓楠
书籍设计	小 花	
责任校对	赵红宙	
丛书统筹	李勇军	

出版发行　河南文艺出版社
本社地址　郑州市郑东新区祥盛街 27 号 C 座 5 楼
邮政编码　450018
承印单位　河南龙华印务有限公司
经销单位　新华书店
纸张规格　890 毫米×1240 毫米　1/32
印　张　7
字　数　134 000
版　次　2020 年 8 月第 1 版
印　次　2022 年 5 月第 2 次印刷
定　价　50.00 元

编委会

目　录

乌丝记

　　钢铁厂转型那年秋天，十四岁的艾绒站到了蓝钢十字街口。蓝钢厂位于蓝川西郊，东向十字街，西临怀河水。怀河绕着蓝钢走成豁口"C"，高炉从中拔地而起，那蓝钢厂就成了冒烟的孤岛。

　　艾绒抱着桐油伞，最先看到的就是那柱烟。彼时蓝钢厂不再产生铁，转型炼锰，"大烟囱"冒出的烟也格外魔幻。艾绒从未见过那么高的魔幻，甚至忘了自己来此的目的。

　　喂，进来避雨啊！有人招呼她。

　　艾绒循声找过去，见蓝钢厂大门边的回春堂，柜台后有个姑娘，正手托下巴冲她笑。姑娘圆脸圆眼，雪白的腕子戴着翠镯，翠绿翠绿的。艾绒没注意又下雨了，抱着粗笨的桐油伞，她闻到了要命的药香。那药香混合着钢铁的湿腥，牵着她就过去了。

　　艾绒站到药铺门口，屁股后沥沥拉拉往下滴水，女孩过来塞给她一个酒心巧克力。艾绒舔舔唇，没有接，望向柜台后的女掌柜。女掌柜瞟她一眼，低头继续剪麻黄，咔吧一截，咔吧又一截。药香源源不断从锋口利刃中滑出，浓得雨都化不开。

艾绒合拢雨伞放屋檐下，同时留门外的还有两只泥脚印——通县到蓝川，她就这么光脚走来的。

女掌柜想起什么，猛抬起头，手中的弯嘴剪就掉了。

艾绒取出发辫说，我妈让给你。

女掌柜捧着辫子号啕大哭。

艾绒的眼泪吧嗒掉脚面上，吧嗒又掉脚面上。十分钟后，她拿起拖把擦去门外的泥脚印，从此成为回春堂一员。

艾绒递给女掌柜的那根发辫真是好，沉甸甸，乌黑发亮，似乎从未离开过身体。艾绒洗完澡，她的头发跟那根辫子一样好，粗、硬而蓬松，具有尼龙和松鼠尾巴的双重质感。她换上了金铃子的衣服，人显得有些晃。在吹风机的噪声里，金铃子连喊带比画，晚上要跟她一起睡。

金铃子比艾绒大十五个月，不能打扫卫生，沾上灰尘她就打喷嚏，一个接一个，打得出不来气；还不能炒药，药没炒好鼻涕眼泪喷得到处是，整个人喘得面条样，得去厂医院挂吊针。所以艾绒的主要任务就是跟着金铃子，保证她不惹尘埃，能好好出气。当然，捡药的人多了她也伸把手，帮女掌柜打药包、捡两味药什么的。回春堂没有伙计，女掌柜里外一把手。她男人是蓝钢厂焦化车间主任，晚上才回，回来二两小酒几粒花生米，倒头就睡。这样艾绒来了以后显得很重要，她上手快，各项技艺一学就会，女掌柜几乎离不开她了。她都忘了艾绒没来时自己是怎么过的了，一会儿不见就拎小秤喊，金铃子，艾绒呢？叫她去库房添置草乌！或是，艾绒买耗子药去，抽屉里有老鼠屎呃……然后艾绒就静悄悄飘了出来。艾绒敛脚，即便穿上新鞋走路也没根，水上漂一样。金铃子觉着好玩，却怎么都学不会。艾绒走路脚尖翘着，花旦样脚动裙不动。她穿小皮鞋，连走带跑不看路，简直跌跌撞撞，去厂医院打针，更是连哭带踢，弄得治疗室成了杀人现场。这情形，也只有高良姜挂着听诊器往门口一站，她才会乖乖撅起屁股挨上一针。她怕他。自从有人开玩笑，说高良姜只金铃子配得上，她就开始怕他。高良姜什么都会，看病、割瘤子，能写会画，还会用竹子、输液管编小玩意，送给金铃子这样的作奖赏。

对于坊间玩笑女掌柜十分认可——这钢铁厂，谁有她家金铃子漂亮？尤其那皮肤，真是葱皮样吹弹可破。他们全家还都吃商品粮啊，这在厂里找不出了，找不出了。女掌柜没少给高良姜免单。不不，她可不认厂长的单。高良姜也不认，要不他不会也免了金铃子的单。金铃子止咳雾化，哪回也不止一个数。

厂医高良姜面皮微黑，肩宽腿长，上班白大褂，下班皮夹克，嘴里叼着根没点的烟，在厂里游得像条大鱼。虽说年纪轻轻，却负责厂长一家的健康保健，很多药厂里没有，尤其中药，他得到回春堂取。

高良姜来那天，艾绒正跟女掌柜学刮痧，铜砭耳穴刮痧，据说可以治疗很多疑难杂症。她捏了刮痧板，掁着女掌柜的耳朵专注找穴位，冷不丁金铃子抢了刮痧板，要揪艾绒的耳朵。艾绒吃了一惊，锥形小脸立马白了，斜着上身往后仰，用力往后仰，几乎拉成了一张弓。而弓口对着的，正是刚进门的高良姜，好像她蓄谋已久，要朝他射一箭似的。

那支箭一年以后才射了出去，带着毒汁和倒刺，准确无误射向高良姜。

一年里艾绒个头长了，像抽条的花苞。头发也长了，垂身后光滑如水。干活的时候她习惯垂下半边头发，显出成年女性才有的柔顺妩媚。一双毛毛眼黑得发了蓝，安宁中透出骄傲与锐利，打眼一望，竟有些逼人。不少年轻人撞上她的目光会忍不住打哆嗦。也有不哆嗦的，比如高良姜。

高良姜来了。

高良姜又来了。

春天的晚上，栀子花香和着野猫的嚎叫，整个街口都在膨胀。回春堂亮着灯，高良姜出诊回来，背着药箱踏了进去。他挨个拉开小抽屉查看，下边抓几片闻闻，上面抽几根咬咬，自言自语，这批黄芪不错。他知道有三双眼睛盯着他，分别是趴柜台的金铃子、台秤后的女掌柜和角落里眼睛发蓝的艾绒。他一抬头就会撞上她们，就得有交代，所以他不抬头，只配药。

配好药，高良姜甩了下额前碎发，面向艾绒问，会煎药吗？

艾绒看了看女掌柜。

金铃子说，她会！

第一次进厂是晚上，东边大铁门锁了，他们走的北边侧门。高良姜拎药箱大步前面走，艾绒提着药包战战兢兢跟着。她不是胆小的姑娘，可那晚确实怵了。大钢铁厂，即便侧门也幽深得吓人，地面铺着凹凸不平的石块，一走一打滑；头顶呢，积了金属粉屑的吊灯，散发出毛茸茸的皇陵墓气。她抱着药，睁大双眼，像藏了戒心的小兽。其实那晚金铃子在身后喊了一嗓子，她没听见，憋着气，义无反顾走了进去，直到"铁合金厂欢迎您"的灯牌耸立在眼前。

高良姜指着牌子说，钢铁厂就是铁合金厂。艾绒明白，到此处才算真正进了厂。宽敞的水泥路，两旁堆满了巨型实心金属块，是铁锅的形状。高良姜说那是锰。锰反射着路灯，光芒四射，金子一样逼得艾绒抬不起头。她还近距离看到了那根"大烟囱"，可高良姜说那不是烟囱，是烟花台。冒出的烟衬托着钢铁火星，噪声四起，不是烟花是什么。

这么好的烟花不跳舞糟蹋了，高良姜说。此时高炉已远，前方应声传来节奏感很强的音乐，咚嚓嚓——咚嚓嚓——咚嚓嚓！专门响应他的号召似的。高良姜背着药箱，嘴角上翘，右手圈空，伸出左胳膊右腿，哧溜滑了一下，哧溜又滑一下。艾绒不知道那是不是舞步，但她确实第一次掉入了舞池。

高良姜拉上她，哧溜一下，哧溜又一下。

一下。一下。艾绒晕乎乎掉进去了。

看到硕大的红十字，她一时弄不清在医院还是舞厅。舞厅电视上看过，比这人多也更闹，她拿不准，只好紧抓了高良姜的手，还踩了他的脚，莽撞得有点像金铃子了。这不好。她用力仰起脖梗，与高良姜拉开距离，这才看清医院的三层病房楼。楼下平坦空旷，西南角有个小花园，开着一簇簇金黄色的花朵。艾绒抽身走过去，认出是中药结香，寓意喜结连枝。结香叶子出得晚，光光的枝杈缠了彩灯。男女聚集一起，一对对抱着跳舞，这儿就成了天然舞厅。很难想象他们都是钢铁厂工人。工人下了班，摘下安全帽、线手套，摇身就成了舞星。早春的晚上还有些凉，女人可都穿了裙了，长的短的，红红紫紫；男人一律白衬衣、蓝裤子、红领带。烟味、汗味、雪花膏味、臭脚味、啤酒味，混合一起成了臊气。那是艾绒从未闻到过的臊气，比驴粪马粪，比任何腐败庄稼都要难闻的臊气。那气味让人恶心，她想回去。高良姜不让，说要留下帮忙煎药，厂长的药。厂长离艾绒很遥远，她只知道焦化车间主任。她摇了摇头，退到花池另一面，想以花朵的香气遮蔽污浊，可那香味竟也一勃一勃，马上要炸似的。

高良姜什么时候换上了皮夹克？什么时候又再次贴近了她？他的鼻梁和喉结一样突出，还有那根没点的烟。艾绒觉着脚垫高了，被迫挺直腰，胸和臀都翘了出去。是的，翘出去。她有些羞涩、兴奋，却慢慢找着了感觉——像枝花苞那样在风中摇曳。

灯光。旋转。摇摆。

她对钢铁厂的第一印象是旋转，第二印象还是旋转。整个晚上，世界都在转，成了圆。高良姜是圆，艾绒是圆，音乐鼓点也是圆。那个春天的晚上，他们一准困在了魔镜里，周围铺满了金子。魔镜和金子有障眼法，他们都没有看到金铃子。

金铃子杵在暗影里不跑不跳，各种鞋扑起的灰尘也没让她打喷嚏。她呆望着艾绒的头发，安静得不像她了。时下流行烫发、内扣、蘑菇头，只艾绒的头发披在身后，一转圈就飞起来，月光一样飞起来，连厚厚的齐刘海都在闪光，闪着刀片的光。那光遮蔽了艾绒的眼睛，艾绒就成了没有眼睛的人。眼睛是心灵的窗口，人怎么可以没有眼睛呢？可整个晚上，金铃子找不到艾绒的眼睛。相反，高良姜却双眼锃亮，迸出骇人的光芒。再迟钝金铃子也明白，那是谁点燃的。上下铺睡着，直到此刻金铃子才不得不诧异艾绒的蜕变。当初抱着桐油伞满身泥星的艾绒哪儿去了？那总是沉默不语敛脚干活的艾绒哪儿去了？眼前只有挺拔的艾绒、脚步利落的艾绒、光彩夺目骄傲饱满的艾绒。

骄傲？她哪儿来的骄傲？身上是她金铃子穿旧的黑连衣裙，腰里系着她不要的红纱巾，脚上，脚上是来处不明的高跟鞋。哎呀，她竟穿上了高跟鞋。金铃子跺了脚。

第四支舞曲，艾绒主动邀请了高良姜，俩人滑进舞池。

乌溜溜的黑眼珠，和你的笑脸，怎么也难忘记你，容颜的转变……

她学得倒快。金铃子气呼呼跺脚。

慢四的曲子还在放。

高良姜嘴里的烟掉了，他抚弄了艾绒的头发，长发流水样从他掌心滑过，接收到凉柔触感的却是金铃子。那触感就是炮捻子，顺着金铃子的胳膊往上爬，爬到肩膀到脖颈再到心房，嘭一声炸了。金铃子一把扯掉彩灯，丢地上两脚乱踩，这才嗵嗵嗵跑出去。

黑暗中的男女咒骂着突发事件，虽有不甘，到底还是散了。

空气中钢铁气息混着花香一起往下坠，星星也往下坠。高良姜紧抓着艾绒的手，单手收拾地上的灯，拉着她提起录音机，又拉着她进病房开处方，穿过走廊找护士，再快步回到办公室。艾绒跟得跌跌撞撞，她觉出了危险——此刻的高良姜就像一只虎，焦躁地叼着猎物，却无处下口。

疼！艾绒用力往回缩，最后剩下手指，仍攥在高良姜手里。

我要回去。她说。话没完，高良姜紧紧把她箍在了怀里。

她吓得眼睛发蒙，挣着说，你别逼我！似乎下一句就要喊救命。

高良姜松开她，歪嘴笑了笑，又笑了笑。

艾绒带回去一枚竹发簪，还有一只竹编的灯笼，里边站着红蜡烛。那都是高良姜手工做的。她没让他送，脱下鞋子，提着灯笼回了家。金铃子已在上铺睡了。她守着灯笼发呆，感叹这物件跟回春堂真是般配。她有一种从天堂掉回屋里的眩晕，仿佛俩小人还在镜子里旋转。

没人知道灯笼什么时候烧起来的。艾绒半夜闻到焦煳味，睁眼见金铃子穿着白睡衣，站在床边看着她，呼哧呼哧喘气。背景是燃烧的金色火苗。艾绒吓得尖叫，金铃子应声倒了。

她们住二楼，艾绒背着金铃子，踩着木梯往下跑。到处是火，是烟。她踩着烟踏着火，每一步都可能跌进地狱。眼睛着了，嗓子火烧火燎，艾绒呛得出不来气。她都没有看脚，只看前方，前方再前方。没有亮。跑。还是没有亮。跑。不到。不到不到。平日几步路的楼梯，此刻漫长得像人的一生。她猛想起不该直立奔跑，要趴下爬，要抓条湿毛巾捂着鼻子嘴巴。可是已经晚了，死神就压在她身后，金铃子也压在身后。她不知道女掌柜夫妇在哪儿，喊不出，梦魇一样只会跑，跌跌撞撞地跑。

成年后艾绒每每忆起，总会止不住打哆嗦，说呛得嗓子疼那会儿，真是生死未卜。你不知道，看见楼梯口的亮光有多美。

金铃子躺在医院昏睡，艾绒和女掌柜轮番守着她，车间主任握着她的手哭，高良姜数次来看她，她都不知道。回春堂的药材全部烧成了炭，多年积累化为灰烬。女掌柜成把掉头发，熬到金铃子出院，那头顶都露出了皮。艾绒的头发也焦了，身上有擦伤有水泡，好在没有留下疤痕。她剪了头发的焦黄部分，烫了波浪，搭在肩头，多出一份世俗的丰饶与松散。金铃子出院后人变轻了，走路像以前的艾绒。经过烟熏火燎，她的过敏症不治而愈，不再打喷嚏，人却变得异常敏感，睡觉不能有声。艾绒一到晚上总是没精打采，满脸看穿一切的慵懒与不在乎，她睡觉开始打呼。这样，她不得不主动提出搬外边住。出事后俩孩子性情大变，倒了个儿。女掌柜惶恐又摸不着头脑，她总有不祥的预感，接下来还要出什么幺蛾子。回春堂重新修缮后没有富余空间，她并没有阻止艾绒搬出去，只是抱着她哭了会儿，说对不起她的同名母亲。艾绒没问为什么同名。母亲只让她拿着辫子找女掌柜，帮忙在厂里谋差，不至于饿着自己。母亲喝了五年的中药，茅屋都让药香穿透了，却没能让她从死神指缝漏下来。走前她吐得到处都是，唾液、药水、胆汁，最后吐血块。艾绒没有遵照她的遗愿进厂，而是留回春堂做了伙计，一是女掌柜需要帮手，二是她贪恋药香。药在，母亲就在。有时候，她真想这么偎着女掌柜一辈子。

艾绒的行李两只手就拿了，高良姜没到回春堂帮忙，他亲自收拾出一间病房，消消毒铺上褥子，迎接他的女王。他接过艾绒的桐油伞、碎花布包，最后把艾绒接怀里了。这回她没有挣脱，第一次完成了真正的拥抱。抱着抱着高良姜的气粗了。原本他不想，她还小，在这到处开放的季节还如此不开放。可出气不由人，他的气还是粗了不受控制了，手也不受控制了。解开胸衣搭扣，高良姜看到艾绒满脸的泪水。

我闻不到药香了。她说。

和艾绒在一起，高良姜很怀疑，他们到底是不是男女关系。艾绒允许的触碰只在跳舞。医院主要针对本厂职工，大病、疑难杂症都转往上级，晚上几乎没有病人，他便拉着她跳舞。录音机就是他的，自然是想跳多久跳多久，想怎么跳就怎么跳。有时候艾绒没来，他出诊回来独自背着药箱空跳，也是有起有伏。时下风气，一台录音机、一盒磁带，咚嚓嚓，咚嚓嚓，咚嚓嚓！三五成群，天地都跳出花来。

慢三、快四、伦巴、恰恰、探戈、迪斯科，前进、后退、摆臀、摇步、踢腿、跳跃、旋转、提胯、甩头……音乐越来越强劲。一个月后，玫瑰紫的艾绒成了舞场焦点。年轻的崇拜者们封她为迪斯科皇后。在荷尔蒙的激荡下，某个晚上，有俩青年为她打了架。个矮的拿啤酒瓶，个高的提了铁凳子，疯了似的在场子里追赶。追上了抡圆胳膊朝对方头上死磕。俩人头上脸上衣服上，连地上到处都是血。人群尖叫着一哄而散，躲远处观望。只艾绒拉不走，她穿着玫瑰紫背心、喇叭牛仔裤，斜腿站在花池旁，一下一下撸发卷。

两人终于打累了，手扶膝盖喘气，血糊糊的脸上吊着眼珠子，很是骇人。背景音乐还在放，恰恰恰——咚恰！恰恰恰——咚恰！

个矮的挣扎着站起来，举着酒瓶碴儿，摇摇晃晃朝前走去。对方抢先在他头顶砸了一凳子。个矮的傻愣愣站着，更多血从头顶冒出来。个高的把铁凳扔在地上。

这时艾绒说话了，打啊，继续打，谁胜老娘跟谁跳。灯光映在她抹了口红的嘴唇上，呈现出陌生的紫黑色。高良姜看得后背发凉。魔鬼是天使的邻居，中间只隔一道光。他猛然醒悟，聪颖姑娘的人生，不能只是跳舞。

不久，高良姜给艾绒披上白大衣，到医院做了护士。当然是临时护士，相当于廉价护工，负责病人的卫生、做棉球、消毒玻璃针管、焚烧血污纱布什么的，毫无技术含量。艾绒很快做得轻车熟路。躲着护士长，她会帮助别的护士，偷偷练就超越了所有人的输液扎针技术。即便如此，她也只能是临时护士，临时而已。高良姜看在眼里，再查房，遇到小儿发热、腹胀腰痛什么的，会格外关照她露一手——铜砭耳穴刮痧。也只有这时，医生护士们的目光才会落到她身上，停留一会儿。

这个来自农村的孤儿，高良姜知道她缺什么。她需要一张城市户口。没有那张纸，她将永远被堵在厂大门之外，有了那张纸才能吃上商品粮，才有接下来美好的人生。再去厂长家，高良姜会带上她一起。厂长喜欢耳穴刮痧，夸艾绒手轻。有一回给厂长送药，高良姜还带了云南熟茶饼。他送给艾绒的是只耳朵，一只书本大小的乳胶模型，上面密密麻麻布满了穴位。

他抱着艾绒的腰说，厂长已经答应替她办转正。艾绒很怪，再松散，胸口以上也不让碰，说是乱了头发。这完全颠覆了高良姜以往的认知。他一刻都不想离开她了，甚至忘了她的年龄提出结婚。而每每这时，艾绒都只是抱着乳胶耳朵不置可否，毛茸茸的眼睛只盯穴位。

不跳舞以后艾绒发明了一种钩针，织出的花样比普通针法多两层，花瓣层层叠叠，立体而繁复，仿佛一朵朵结香。

织着织着就到了深秋。这天天气晴好，艾绒穿着开满结香花的毛衣，离开了冒烟的小岛。她没注意后边跟着人。出医院南门是条柏油路，顺柏油路走上半里地，前边横着怀河。过桥下到河对岸，是大片芦苇。苇穗在秋阳下闪着银白的柔光，山丁子果红了，星星点点从那白里冒出来，像一幅彩墨。

艾绒拣处宽敞地坐下，望向西南。那里有条青灰色国道，北到首都，南通广州深圳，危重病人都是顺那条路送走。当然是有望生还的，死的、没钱继续耗的，像母亲，就没有福气走上那条路。他们走的是另一条通往天堂的路。天堂什么样艾绒没见过，但她知道，比这儿好。

厂长的允诺迟迟没有兑现。据说上边又有了新精神，明年接班制要作废，很多职工子女改大年龄，提前申请了接班。这样进厂指标就不够了，依照职工子女优先的规矩，所有临时工都不再转正。金铃子上个月已经去了焦化连，而她还在继续扮演保姆与杂工角色，这就是命。

话说回来，命是什么？命是懦弱者的安慰，也是强者的弹簧，就看你是不是弹起。艾绒抱着膝盖发呆，有人抚弄她的头发，她没有动，似乎头发也无关紧要了。高良姜挨着她坐下，看芦苇、山丁子、流水和夕阳。

艾绒抽下他嘴角的烟，点着，猛吸两口，又插回高良姜嘴里。证明你是个男人。她说。

高良姜尝到湿漉漉的口腔气，望到黑蓝眼睛的深处。他扑过去，两人厮咬在一起。

这是一个废弃的石碾，侧面像立着的巨大齿轮，呈现出粗粝的霜灰色。艾绒白生生的身子搭在上面，像剥光的嫩笋。她闭着眼睛仰躺在"齿轮"边缘，闻到石头纹理中残留的稻谷与麦粒儿味。那遥远的香气夹杂着药香，一股脑朝她涌来，激荡着她，双臂与头发一起，沿着"齿轮"弧形伸展，无限伸展。这个乡下女孩，脑海中第一次浮现出宇宙的绮丽与浩瀚。

不远处，高良姜坐在石头上，手拿铅笔，在病历纸上画艾绒的身子。不不，落在年轻医生笔下的，是一副人体骨骼，**206** 块，一块不少。艾绒的骨头有长有短，有圆有尖，恰当地一一对接，沿石碾边缘组成了一张弓，而箭的朝向正是天空。高良姜很为这创意自豪。是谁说的，最好的休息就是找个空旷地方疯狂地做爱，然后死死睡一觉。

西坠的太阳越来越慵懒，雾气在暮色中蒸腾。艾绒的身体在石碾上一点一点消融。周围静得只有风声、水声、铅笔与纸面的摩擦声。

高良姜在画锁骨下的阴影，然后才是肉体外形曲线。

艾绒搞流氓啦！艾绒搞流氓！随着突兀的喊叫，芦苇深处窜出一个女人，飞快地朝钢铁厂跑去。

艾绒弹了起来。高良姜看到半年前对着自己的那支箭，嗖一声射了出来。

你相信头发可以杀人吗？

揭发者言之凿凿，引诱高医生犯错的，就是艾绒的头发。再未成年，耍流氓也要处罚，至少要剪掉肇事者的头发。而大家一致认为，揭发者够仁慈，也有那个惩戒的权利。他们围拢来，屏息聚焦，暗自感叹，那真是一头好头发。

艾绒的头发乌云样覆在身后，卷曲、坚韧而蓬松。惩戒者手握剪刀，翠镯叮叮，她当着高良姜的面，手起刀落。闪着狐媚色泽的发卷唰唰脱落，在众人脚下弹跳。

艾绒闻到利刃的金属腥气，冰凉贴着耳根小蛇样游走。

她发出野狼的惨叫，仿佛切割的不是头发，而是她的脖颈。在惨叫声中，一只肉虫从发茬里钻了出来。惩戒者倒吸一口凉气——那趴在耳朵位置的，是什么，木耳采摘后的残根？艾绒的耳朵呢，难道被剪掉了？惩戒者揉了揉眼睛，确认没有血，不是妖术，猛然醒悟，她是没有耳朵的人。哈，原来没有耳朵。惩戒者畅快地笑了。怪不得只挂半边头发，怪不得只戴一只耳环，只露出右耳……

人群蠢蠢欲动。

一只耳朵哎。

剩下个把，能听见声吗？

唉，女娃不知天高地厚，就这样还想嫁商品粮……

艾绒弯下腰，跪在地上，一团一团捡起自己的头发，捋顺，以皮筋箍好。没人介意她收自己的头发，头发离了身体，怎么也不会再长上去。惩戒者大度地挥挥手，人群自动裂开一条缝。艾绒顶着锯齿发型，一步步从夹缝中走出。她看到门口的亮光，无限悲凉地忆起那场火灾，忆起抱着桐油伞看"烟囱"的自己。最后浮现眼前的，是那条青灰色国道，可以帮她解脱困境、通往繁华南方的国道。没有人知道，她曾躺在碾盘上，认真规划过自己的人生。

艾绒决定，与头发同归于尽。不是头发丝与风筝线的效果，不是绷直了锯，是吞。十五岁的艾绒吞了一大团头发，似乎要让它们在体内再生。

听到艾绒吞发自尽的消息，高良姜瘫了。他不知道接下来对他的处决，又是怎样的凶残。

这时另一件吊诡的事发生了——回春堂女掌柜一巴掌扇昏金铃子，抱着艾绒哭叫自己的名字，一声声喊自己姐姐。女掌柜姓沈名凤珠，她哭着说，凤珠我对不起你啊，凤珠姐姐我对不起你……

有人说，女掌柜顶替了某个女人的幸福生活，药铺都不是她的；还有人说，年轻的时候女掌柜有个大辫子姐姐，后来不知所终，那应该就是艾绒的母亲。当然，这只是猜测。唯一的真实是，高良姜被开除党籍，逐出了医院。他是跳着舞出去的，油头中分，肩膀倾斜，似乎还在背着药箱旋转。他抱歉地对围观者笑笑，空举胳膊，仰头四十五度，像手舞足蹈的天线宝宝。

十多年后范艾绒和金铃子有一场对话，就在废弃的蓝钢厂东南角，回春堂旧址。经过修缮的房屋再次倒塌，折断的房梁屋瓦，周围长满了黄麻和狗尾草。

炸裂的"烟囱"、破铜烂铁、零散的荧矿石，无不见证了蓝钢厂倒闭前的垂死挣扎。它们沉默不语，聆听两个女人谈话。

我那时候小，不懂事，你多原谅哎。

你怎样都无所谓。我不行，一步错不得。

好了啊，五年前我就下岗了。炸了炉，能留条小命就不错。

他呢?

你走后厂长求情,派他烧锅炉去了。钢厂倒闭他又主动留守,现在还在。听说另一家钢厂马上要来收购重建。我去找过他,人家不理哎,弓着腰捋饬一堆竹器,白背心上净窟窿。一会儿去看看?呀,蜜蜂,蜜蜂!

别动。

啪!金铃子手背糊上了一团泥巴。她甩着手,疼得嘶嘶吸气,泥巴粘着蜜蜂一起摔下去。

哎哟,疼死我了。你,你故意……

后者懒洋洋拖着长腔,真不是。说正经的,过来跟我干吧,回春堂铜砭刮痧。艾绒揶揄地补充,不要户口。

2019 年 12 月于确山

化 妆

那人从楼上掉下来的时候，老别克正在找骨灰盒。他一边找一边跟买家讲，什么样的骨灰盒结实耐腐，软和舒适。这时就听外边呼通一声响，像谁从楼顶扔了药布袋。煎药室离得不远，负责煎药的是个胖女人，有时候图省事，在楼上领了药她就直接往下扔，装满中药材的袋子砸到水泥地，就是这么一声闷响。

可今天这声儿不对，不是来自煎药室，老别克还分明听到了惊呼。那惊呼玻璃样划破傍晚的晴空，划伤了他的手。他一哆嗦，血珠子从手背上渗出来，垒好的骨灰盒轰隆隆倒一地。他闻到铁架子散发出的铁腥味。准确说，是铁与血腥的味道。

老别克回过头，见一团白物在病房楼墙根蠕动，周围渗出大片血红。血红慢慢延伸、扩散，一寸寸吞噬完好的土地。树上的知了没命地叫起来，疯了似的。

买家从倒下的骨灰盒中挑挑拣拣，选了只镶玉黑檀木的，问多少钱。

您看着给。老别克心不在焉。他眼花了，揉了揉眼才看清掉下来的是个人，一个精瘦男人，脸朝下，四肢摊开成"卍"字形，像佛教的万字符，也像是在奔跑。暮色就是这时候降临的，随着蝉声，网一样罩在男人身上。

医生、护士推着平车跑过来，围着男人摸摸按按，听听心脏，然后盖上了白单。不一会儿警察也来了，找人谈谈话，调调监控，合上本子也走了。围观者三三两两退去，现在，昏黄路灯下就剩一对母女。她们拒绝了将尸体挪入太平间的好意。

按以往经验，这样开头多数会引发僵持，持久僵持。老别克叹口气，又摇摇头，活得好好的，何苦呢！

起风了，早落的银杏叶飘到白单上，母女俩谁都没有动。女人面朝太平间站着，瘦高单薄，弓着背，长发遮着半边脸，好像也是一片卷曲的叶子。女儿有十三四岁，背上的书包一直没有放下来。她们呆呆守着尸体，像是在等人，又好像还没有从突发事件中醒转。老别克想她们一定还在等，等地上的人闹够了，一咕噜爬起来领她们回家。她们家铁定有猫有狗，阳台或许还挂着八哥。这小县城，年轻人的家都这样，尽管有争吵打闹，那家到底是热闹的、鲜活的，有过日子的烟火。这下猛然出了事，铁定要冷锅冷灶过一阵子了。

老别克点了一炷香，从墙上取下罩子灯，擦了擦点着。

灯是父辈传下的，跟他一样锈得掉渣，也没舍得扔。停尸房共两间，一间住人一间住往生者。老别克没有节假日，二十四小时待班，没活儿了闲着，活儿多了他加班干。这两间屋是工作室也是他的宿舍，中间连墙都省了，隔着张薄竹帘。灯光从这屋透那屋，条纹光线朦胧昏暗，忧伤而割裂的调子，很契合家属情绪。他试着换过灯泡，效果不好，太清楚了，悲伤无处可藏。最后还是点罩子灯。玻璃罩熏黑了他就拿软布蘸牙膏擦，哪儿坏了就用工具修。反正从事这种职业，他有的是工具。

老别克没有像往常一样下汤面，而是坐光晕里等，等女人上门。女人上门越早，往生者身体柔软度就越好，反之则越僵硬，不好收拾。

没想到他先等来的是内科汪主任。汪主任站门口没进来，脖里挂着听诊器，红色胶管让人想起裸露的血管。他说死者家属要找事，让老别克灵活点；说院里已经安排好，要啥给啥让她们满意；说化好妆马上打电话，叫救护车送他们回家。

嗯呐！老别克哈了腰，还没直起身，主任已融入了夜色。

他穿上蓝布褂，擦手戴了口罩，从花圈后边搬出老木箱。方盘、艾叶、鸭蛋粉、口红、唇刷、眉笔、剃须刀、缝线、细铁丝、手术刀、橡胶手套，包括填塞用的海绵、石膏粉，统统摆上化妆车。

此时立秋已过，凉风吹着树梢呜呜咽咽，伴着蛐蛐拉长的尾音，显得有些荒凉。屋内罩子灯下，老别克后退一步，朝往生者鞠了躬，又打开小录音机，播放瞎子阿炳的《二泉映月》。当咿咿呀呀的二胡曲渐入佳境，这才走过去，手伸到白单下，脱去往生者的衣物。做这种事，自然有他们不成文的规矩，比如，化妆师要站在往生者右侧，并且全程不能"露点"。老别克一边做一边跟往生者说话，来，衣服脱了，一会儿消消毒，您呐，就可以干干净净上路了……现在给您洗脸、净身……这注定是一场没有应答的单方交流，老别克却做得真诚而温暖。他一边絮叨，一边用药棉泡了艾叶水，一点点揾净男人身上的血迹。对，不是擦，是揾，尽管躺到操作台上的人不会再感知疼痛。男人脸朝下摔下的，面糊了，只剩一双大睁的眼，凸起如核桃，老别克试了几次都闭不拢。

仙家有什么委屈以后再说吧，先把眼睛闭上，对，闭上，闭上……还是不行。

老别克推来了化妆车，给往生者敷上一张面膜纸，延缓皮肤坏死。

女人瘫软在地上，一直看着老别克喃喃自语。这会儿她挣着从地上站了起来，瞪着化妆车上那堆工具说，我们不解剖尸体，他自己跳下的……怕老别克不懂，她又张了下胳膊，做飞的动作。这是女人第一次开口说话，瘦长的人蓬头垢面，摇摇晃晃立起来，背弓着，大而无当的眼睛穿透老别克，目光粘在他身后的墙上。显然，那魂魄已飘荡半空，剩下的只是风化了的衣裳，好比蛾子飞走了，剩下的只是茧壳。

仙家腿变形了，手工矫正用到钳子铁丝。老别克垫了毛巾，一边弯曲活动往生者的胳膊、双膝，一边喃喃地解释。在他这里，所有亡者都被尊称一声仙家。

女人并没有因为称呼的仁慈而改变主意，她说，腿早变形了，不是摔的。

脸也不修吗？老别克替男人重新掖好白单，只露出头部和双脚。

女人看了看男人的脸，闭上了眼睛。

旁边的女娃娃哭得嗓音嘶哑，作为妻子，她却一直没有流泪。眼睛里只有一张雨后蛛网，挂了灰尘，空洞得教人望不到边。

敢问，仙家他是个怎样的人？

他很单纯，单纯到幼稚。她说。

你想要哪样妆？老别克又问，一边在心里琢磨，哪种妆更适合他。跟女人的桃花妆、烟熏妆等众多分类不同，这种妆细分就那么三五种。

一种是童真妆。反复扫腮红，尽量将面孔修成红扑扑的圆脸，衬托喜庆、生动，好比门画上的童子，要咯咯冲你笑。但童真妆直接用他身上显然不合适。他老南瓜一样掉地上摔坏了，脸面要重塑、修补，在半复原妆基础上才能化出童真妆。复原妆最耗时耗力，选择这种妆容的往生者大多失了型，要根据照片或亲属描述，再加上化妆师的想象来复原。其技术难度不亚于公安画像。如果身体空缺多，还要根据经济实力，选择药棉、竹片、石膏或海绵填充，然后再用纱布包裹缝合。这样处理后，穿上寿衣跟好人睡着了没两样。

退休前老别克是医院办公室主任，省书法协会会员，顺便也画两笔。医院墙上的宣传画、广告栏都是他画的。后来年龄大了，人事部推荐他专门负责尸体料理，同时管化妆，当然是化那种妆。他们本意希望他主动回家养老，给年轻人腾位子，哪知老别克在太平间干上了瘾，每天待在五十平方米的空间，人是越活越淡定。妆化多了他渐渐就明白了，那种妆比不上日常女人化妆精致，却更需要功底和眼力。为了让往生者体面舒适地走完最后一程，他没少在美容美甲、雕塑、解剖上下功夫，甚至悄悄借鉴了蜡像。比如，刷什么样的暗影五官立体又不阴森；如何画唇线才能呈现恰到好处的安详；关节如何摆放与身体最和谐；手法如何按摩，好缓解肌肉肢体的僵硬；材质不同填充效果有什么不同……

老别克一干干到两鬓斑白，蓄起胡须，很有了张大千的味道。这些年，他的手艺名声在外，有时候，其他医院的往生者也拉来由他打理。这让他很惶恐。可活儿来了也由不得人不认真，那双貌似粗笨的大手从不会撒谎，出来的活儿总

是叫人惊叹。比如那年冬天，急诊科从高速公路接的车祸，
中年妇女给压成了冻饼，老别克花一天一夜，结合石膏模
具、蜡像技艺，愣是让她恢复了 **80%** 的原貌。就连灰指甲都
用锉刀整修，涂上了光滑的指甲油。她儿子当时就跪下了，
问老别克能不能照样再造一个妈，让他背回家。这样的事情
很多。可惜的是，人们只看到他精彩，从没人注意他完工后
的颓废。每一回掏空自己，老别克总要蜷缩在帘子那头念
叨，老喽，该收手喽！却总是舍不得。离了这两间屋，他实
在不知道该去哪儿。自从做了这种事，他很少与活着的人交
流，因为弄不好就带给人晦气。去拜访朋友吧，别人嘴里不
说，心里肯定不欢迎。如果恰好第二天他又中了风，你能跟
他子女解释清楚去？所以啊，他们这种人都很自觉，从不随
意走亲访友，从不参加婚寿喜宴。还有什么递名片、握手
啊，对客人说欢迎光临、你好、再见、一路走好啊，都是不
允许的。老别克的儿子研究生毕业后留在上海，找了纯种上
海媳妇，有洁癖，会算计。如果他去了，恐怕沾染阴气的双
手都没处搁。儿子自从送了辆他喜欢的别克车，就不常来看
他了，小两口忙得顾不上生孙子。可社会上有那么多人羡慕
他哦。在他们的频频夸奖中，老别克乐呵呵翘着灰白胡子，
很为儿子骄傲。是的，他没什么好抱怨，活到这把年纪，早
将人世看得透透的。这屋子虽说简单，屋顶却高，木架子搭
的顶棚很空旷。空旷里游荡着他的老友。他们的脸一张张在
他手心里复原、上色，趔摸来趔摸去，话也说了天也聊了最

后还送他们一程，让他们有尊严地离开这个世界，不是老友是什么？

今天从楼上扑下来的这个，只能算新友了。

老别克调整好头灯，用棉球填塞了孔窍，然后是脸颊、额头、鼻骨，挨个整修。塌陷的撑起，一点点修圆润；水肿的抽吸，慢慢压平缓；完了才用一只细小缝针，在那张脸上勾勒喜庆。女人惧怕剪刀钳子，他就用柔软的小工具。虽说这样更费神，他却不介意为悲痛的家属花费工夫，从不介意。

夜越发沉了，蛐蛐不再徒劳聒噪，只有老别克戴了手套依然骨骼凸出的双手，在那张破败的脸上沙沙沙忙碌。十多分钟后，一张笑盈盈的孩童脸躺在了他的掌心。

老别克抬起僵硬的脖子，示意母女俩过去，他这才发现，凳子上换了人。

那披头散发的瘦高女人不见了。坐在凳子上的女人是短发，圆脸红面皮，一根粗鼻梁，看起来很纯朴。她明显比刚才的女人矮，人却更显健康、丰润、弹性。背书包的女孩也不见了，现在是个黑瘦的男孩在吮棒棒糖，年龄也小。

显然，这是进来的第二拨客人了，老别克专注干活，竟没有发觉。他一时有些转不过弯。

画好了？女人拉着男孩的手走过来，老别克这才看清，女人身上穿着浅红色瑜伽套服，类似运动装那种。

女人见他目不转睛盯着她看，不好意思地说，正带学生上瑜伽课，接了孩子没来得及换。

老别克点点头，没说什么。

男孩忽然扔掉棒棒糖，嘴一撇哭了，我不要弟弟我要爸爸！刚才我还看见爸爸的脸，他拿着皮卡丘……

老别克急，孩子，别哭，别哭，再来啊，老叔一定还你最亲的爸爸。

对，他脸上有沧桑，有慈爱，是个成熟的男人。女人肯定地说。

单纯、幼稚。

沧桑、成熟？

好嘛。两拨家属的印象南辕北辙，相互矛盾。这一搅和，老别克虚汗下来了。他低血糖，晚饭又没吃，熬到这会儿不由四肢发软，一屁股跌坐在竹椅上。

既然走这条道儿，咱什么样的家属都能遇到，不慌忙，啊，不慌忙。老别克劝慰自己稳了稳神，从口袋里摸块奶糖塞嘴里咂着。

还有一种妆叫仙风道骨，化出来慈眉善目的，以往也很受欢迎。仙逝嘛。老别克等糖在口腔里化完，这才回到操作台。他们不能在操作台旁吃东西，也不能当着往生者的面打电话。

他用药棉蘸了卸妆油，化好的妆擦去，手下就又是一张糊了的脸，像坏掉的草莓。

二十分钟后，瑜伽女人聚拢目光，重新打量那张脸。

不对，还不对。他不是这样的。说着话女人默默流起了眼泪。

在太平间这么多年，老别克还是受不了女人的眼泪。他想让她们放开了哭，又怕她们哭。他搓着橡胶手套说，告诉我他什么样吧，什么样咱都能化。

这张脸太虚了，他很神武。

你想要他跟没生病以前那样壮实，有力气，是吗？

老别克在心里摇了头。单纯、幼稚。沧桑、成熟。神武。这到底是个什么人呢？虽说人都有多面性，也不至于在两拨女客眼中反差这么大。

这回是改良后的钟馗妆。死者若是壮年，家人大多选这种，寄予他来世无病无灾，更加强悍。先后两个女人，都三十岁左右了，正当壮年嘛。老别克后悔没早点想到这个。

他朝瑜伽女人哈了腰，继续工作。

来的第三拨客人还是一个女人领着个孩子。女人更加年轻，天鹅颈，长发垂在脑后，到发梢处才卷曲。这么凉的天，她只穿了件白色棉麻裙。男孩也更小了，有四五岁，穿着背带裤，黑眼睛大大的，皮肤很白净。

老别克安上钟馗的眉毛就算完了工，看着天鹅颈女人征求她的意见。

天鹅颈却皱了眉，怎么能这么狰狞？语调几乎是不耐烦了。

　　老别克放下假眉毛，真犯了难。他还从未遇到过这么难化的妆。蛐蛐半晌没叫了，它们钻进了他的膝盖，啃咬得人难活。

　　老别克沉声说，还有一种自然妆，基本不用化，眉毛嘴唇稍加修饰就成。但这种妆适用安详的遗容，仙家……他心里打了摇摆，骂老糊涂了，随后问天鹅颈，你手里有他的照片吗？

　　女人划动手机屏，找到两张照片。一张是男人的背影，在沙滩面对大海盘腿坐着。另一张在阳台，脸隐在幸福树叶子里，模模糊糊看不出五官；右手倒清晰，紧抓轮椅扶手，五指由于用力过度而显得痉挛。

　　自从坐上轮椅他就不让拍照，这还是偷拍的。女人说。

　　仙家的腿怎么伤的？

　　他是工程师，收工的时候挖掘机把他砸进沙堆……

　　老别克的手机响了，他避开操作台，走到门口接电话。是汪主任，问急救车早备好了，为什么人没运走。老别克说，妆没化完……

　　紧跟着，医务科长、副院长，电话一个一个打进来了。老别克手握电话，慢慢挺直了腰杆，翘着胡子，很有些倔强的意思了。

　　辞就辞吧，啊。

　　他不着急了，又换一次水泥台周围的冰袋。他不明白的是，这家为什么到现在还没有男人来照顾圆场。不管是与医院僵持，还是丧事，都不应只有女人和孩子。

老别克回帘子那边下了芝麻叶面片，端给女人一碗说，人到那边其实也挺好，无病无痛，你也该吃吃，啊。

女人傲娇地长颈一扭，红肿的眼皮下翻出眼白，没有接碗。老别克就知道自己说错话了。这些年，他没少遭受白眼。不过跟家属的焦躁、悲伤比起来，这点委屈他还是耐得的。

那个男孩枕着卡通熊书包，蜷在墙角的垫子上睡着了。可他睡得并不踏实，冷不丁打个寒战，脑袋就从熊二的嘴巴上滑下来。

老别克又熬了一碗枸杞姜汤。抽屉里他常年备有枸杞、大枣、桂枝、干姜，这里阴冷，哪怕是夏天，失去亲人的人也需要暖物。如果守夜的是男人，他会递上一杆铜烟袋，烟锅里塞满上好的旱烟。火星一燃，烟雾蒸腾，总能生发些许暖意。

天鹅颈没有接汤碗，反问他有烟吗？老别克取下墙上的烟斗。她抱着烟斗猛吸，咳出两眼泪，随即将头埋在膝盖处，肩膀一抽一抽的，抽去了她所有的骄傲。此刻暴露在面前的，是个受了委屈的小女人，像个孩子。

老别克很想叫声闺女，张了张胳膊又放下。他从她手心里抽出烟斗，弓腰说，你不会抽烟，还是不抽好。重新把姜汤递给她。

小女人仰起脸上亮汪汪一片水光，双手捧着汤碗，像是在暖手。

仙家为的什么想不开，走这条路？

小女人忽然就泣不成声了，她哭了一会儿说，为啥呢？他的腿出事后，厂里的赔款我开了茶艺店，他说以后就靠我养了。

老别克这才注意到，她那带披肩的白裙是棉麻茶服。

从那时起他就爱胡闹。以前那个男人不见了。我处处赔着小心，要照顾生意还要照顾他，忙不过来就请了保姆。谁知他胃口不好，看不得我吃饭香，一见我吃饭就愤怒，说我吃那么多养壮了到处疯跑，丢人现眼。天地良心，我能有多壮。我倒愿意不出门呀，可谁挣钱养家？有了钱，他又说我只认钱不管他。他很会折磨人。亲戚朋友都让离婚，我忍了。人不能不要脸面。

小女人一口气说完，长叹了一声，抚着手机屏，脸上第一次露出笑容。老别克以为那是发泄后放松、满足的笑，可他很快就知道自己错了。

你看，这是我们的五好家庭奖牌。小女人说。

主任说他的心脏病不重，如果调理得好，活二十年没问题。他为什么要死呢？五楼就厕所这扇窗没护栏。值班护士说，他故意支开保姆说想喝鸡汤，趁那会儿没人爬了上去。出事后保姆吓跑了，到现在都联系不上。其实我早该明白。他半辈子玩惯了的人。这两年他不止一次抱怨，不让抽烟不叫喝酒活着有什么意思。烟酒有什么好，就那么喜欢？早知道，我让他喝个够抽个够。

小女人的细跟凉鞋掉了，她就那么赤脚走到殡葬用品前，看着花花绿绿的"空中楼阁""天外飞马""皇家剧院""金丝缕衣"，脸上现出梦游的神色。

你说得对啊，那边没什么不好，无病无灾。说不定这会儿他就在看着我呢，你说是不是？

是啊，他准希望你和儿子都好好的。

你说窗台那么高，十年没走路了他怎么上去的？小女人跟男孩一模一样的黑眼睛，她望着老别克说，从上边往下跳，要多大的勇气，我都不敢，你知道吗？他一定是想最后留一笔钱给我。店里要装修开茶艺，我还需要最后一笔钱。可是人没了我要钱有什么用？她拿起架子上朱砂红摇铃，对着长明灯晃了晃。

这前后三个女人啊，都把老别克整晕了。她们一样不俗，一样哀伤，对往生者的印象却是千差万别，可见那往生者生前活得有多精彩。可惜，再精彩的人生终了也只一张画上去的面孔。人人少不了化成灰的结局。如果能明白这个，人还能有多少结解不开呢。

老别克望着小女人说，那是我十年前去北京，在同仁堂买的，听人讲可以击打通灵。你相信人有灵魂吗？灵魂是有重量的。早有人做过实验，通过精测 6 名病人生前亡后的体重差异，发现人的灵魂重约 21 克。你要有什么话跟仙家讲，就对着摇铃说吧。

老别克没有告诉她，每当摇铃响起，他总能看到扎鬏鬏的红肚兜娃娃在高粱上跳跃。有时候他们甚至会蹦下来，揪着他的胡子打秋千，发出哈哈的笑声。那笑声南墙弹北墙，北墙弹南墙，弹得人无比舒心。这也是他最快乐的时候。儿子儿媳顾不上生孙子，他就把他们都当成了孙子，还不用戒备。有时候活人比死人更加可怕，你身边的活人会为了利益跟你钩心斗角，为了恩怨烧杀抢掠，而死人却不会。他们只会默契地陪着你，陪着你开心、感叹、发呆、回忆，直至终老团聚。医院就是生死场，有白天黑夜，就有出生入死。生生死死，一年一年过去了，有人从这里出发，有人从这里死去。只有他老别克啊，他哪儿都不去了，就待在太平间，有那么多别人看不见的老友陪着，聊聊天，下下棋，晒晒太阳，其实过得也不错。

小女人咬着皮筋，绾起长发在脑后盘成高高的发髻，脖子显得越发细长，衬着一双毛毛眼，活脱脱就是一只白天鹅。长发一闪的瞬间，老别克看见白天鹅颈侧两片瘀青，还没来得及问，小女人已经晃着摇铃飘了出去。

门外传来清脆铃声，还有小女人的呓语。

老别克又点上一炷香，走到门口。左边是柳树，右边是枣树，树干疙疙瘩瘩，都小孩腰一样粗了。活到这把年纪，他们也算是树界的老人了。如果是白天，老别克躺屋里就能透过高高的窗口看到它们。当然视线是横的。在蓝天背景下，柳树披着长发，枣树结着卵样的枣，偶尔有鸟的黑翅擦着树梢飞过，衬着那片蓝，总让人觉出活着的好。

现在，月亮吊在两棵树中间，生出淡蓝色的烟雾，纱幔样笼罩着医院的夜空。小女人拿着摇铃，像一片月光被吹了进来，身上的白色茶服带了夜露清香，眼睛也夜色擦过一样闪亮了。

后半夜忽然响起惊雷，随即狂风大作。青枣跟雨珠子一起啪啪砸到屋顶、窗棂，又落到地上，溅起湿漉漉的土腥。"杀马特"上岸，沿海各省都在下暴雨，有的地方已经水涝成灾，看来连内地也不能幸免。

这雨下的。老别克说。

小女人说，是冰雹哎。

话音未落，随风卷进一个男人，浑身湿漉漉的，衣服贴着腱子肉，仿佛刚被雷从天庭打落人间。他抹了把脸上的雨水，露出希腊式的鹰鼻。

有一瞬，小女人露出惊喜与忧伤交杂的表情。她微翘着嘴唇，没有说话，在奔向他的途中收住脚步，脸也拉了下来，你来做什么？

我来看看……男人走到水泥台前，点点头说，妆化得不错，很符合生前性格，沉稳义气。

男人抿了把额前的雨水，走到墙角，将一沓钱放到男娃书包旁边，刚走出两步，小女人猛扑过去抱住了他的腿。

　　猝不及防的哭声骤然响起。往生者头顶上方的长明灯跟着晃了晃。

　　老别克长长舒了口气。

　　小女人猛然想起什么，回头望着老别克，脸上露出羞赧。

　　注意安全，太平回家！老别克冲男人的背影喊了一嗓子，跟平时对每一个离开太平间的人一样。

　　刚才还狂风骤雨，这会儿月亮明晃晃的，老别克只好怀疑自己发了吃挣。那么暴雨未曾来过，神样的男人也未曾来过。

　　夜幕在月光中洗褪了色，由黑转蓝又转白。随着婴儿响亮的啼哭，天呼啦一下彻底亮了。有只鸟醒了，发出嘀哩嘀哩的鸣叫；更多鸟醒了，发出嘀哩嘀哩的鸣叫。一时间，仿佛数百上千种鸟在两棵老树上合唱了。

　　几个娃娃发现了地上的落枣，蜂拥去抢。老别克也过去捡了两颗。不管怎样，生活还在继续。

　　经过这一夜，小女人腰肢越发细软，脖子越发柔长，脸色灰白得接近未经打理的仙家。老别克知道，这样下去她撑不过今晚。

　　最后来的是个满头银发的老太太。她颤巍巍走进来，挂着缠了铁丝的拐，先绕水泥台走了一圈。嘟嗒，嘟嗒，伴随拐杖的声音，她每走一步，老别克的心就扯一下。他实在担心她会随时歪倒。他一直跟着她。

老太太忽然停下了，背对着老别克说，我侄子很文米（儒雅秀气的意思），你这妆也涂得太粗鲁了。

哎嗨嗨，您呐……老别克只有苦笑。

嘟嗒，嘟嗒，老太太艰难地挪到条椅边。小女人要扶，她制止了，先用一只手撑着椅靠，放下拐杖，歪坐半边身子，又挪好另一条腿。她拉着小女人的手说，你可不能瓤（示弱）啊，茶艺店咱得开起来，街坊那么多人看着呢。小女人噘着嘴，睁着一双汪满水的黑眼睛。

老太太取出一方格子手帕，给小女人擦了泪，然后抽出一只牌子，那是新一年的五好家庭奖牌。

小女人收回眼泪，笑了，又笑了。她转着圈找东西。老别克问找什么，她也不说。

末了，小女人从棺材后边拿了根尼龙绳，系好牌子，端端正正挂脖子上。

她笑意更浓，裹了裹披肩，问老别克，我美吗？

又痴痴问儿子，汤圆，妈妈好看吗？

转头问老太太，好吗？你为什么不说话。

你们，为什么不说话？她笑着，泪水汩汩流淌。

小女人捧着牌子往外走，随着脚步，披肩一点点滑落，最后掉到地上，露出她的脖颈、肩膀和大片脊背。再也没有想到，那是一张布满条索状伤痕的背影，如同遭受酷刑后的剧照，惊心动魄曝光在黎明中。

老别克呆呆地望着那背影，所有人都忘了应该有所举动，直到昨夜的希腊鼻从斜刺里冲出来，脱下外套裹住女人的身体。

传奇的夜晚总算过去了。现在太阳已经升起，外边一派耀眼的金色光芒。屋里除了水泥台上的仙家，就只剩下了老别克。他坐在白天的灯影里，半天没缓过神。有只僵蛾掉进灯罩，哧一声一股黑烟，飘散满屋子焦香。

他取下罩子，吹灭了灯头。整个院子很快活动起来，看病的、出诊的、缴费的、煎药的，还有提着包子豆浆上班的。

阳光洒在他们身上，温暖得教人落泪。

2020 年 2 月于确山

天癸

中秋过后，医务科来了新同事。作为业余作家，我有很多东西需要整理，才能给她腾出必要空间。在电脑柜最下层，我倒腾出一本卷了页的旧笔记，黄色封皮印着溅开的污渍，里边夹着一根头发。我不知道这根头发是谁的，是周正扬的，还是我自己的？

笔记大约记于二十年前，那时候没有电脑，我用钢笔一笔一画写的，尽管墨水淡化，字迹模糊，关于整件事我却记忆清楚。那也是中秋夜，我耗费半年时间，才把相关同学约齐，举办了家庭宴会。宴会就布置在我家楼顶，葡萄架旁。我记得很清楚，有根葡萄老藤折了，我用电线缠着，重新吊了上去。只是电线是白色的，总像在提醒着什么。

整个晚上都有一轮满月蓝汪汪挂在夜空，就像周正扬的眼睛。我们谈论着同一个人，同一个话题，用同一种语气。

这个说，我跟他睡过通铺。

那个说，我跟他一起去过厕所。

还有人感叹，现在再见，肯定不好意思。

言语中有潦草的惋惜，又不乏促狭的玩味。我们就这样喝着，说着，当最后一次举杯碰撞，葡萄酒已经在我体内流成了河，月光下毛茸茸亮汪汪，透着青草露水香气的河。干杯落座，我不小心踩着鸡骨，滑了一跤，葡萄断枝正挂住我的脖子，划出一道血痕。他们说，像吊死鬼。我傻笑笑，还是在睡前赶出了这篇半成品。或许是不满意，或是担心有损当事人声誉，更多的是怕追责，就一直没有修改，自然也没发表。如今我摩挲着它，可真是百味杂陈。

下了班我没有走，收拾完地上的垃圾，留下熬了通宵。我把小说重新整理了，去掉初写作的鲁莽，让它更接近事实原来的样子。

外科陈同学

桂花酒自己做的吧？好，我慢慢喝。

没什么好隐瞒，走前他在墙上写下四个人的名字，其中有我。

第一次见他是新生报到。他穿着白色运动服，斜着一条腿站在花坛前面，左手提篮球网兜，搭放肩头，半长的自来卷一直翻卷到脖梗。他的样子很容易让人想起雕塑。嗯，如果把篮球换成投掷带，他就是穿了衣服的大卫。

我上前打招呼，嗨，新同学！

他没有反应。我又上前一步，站到他侧面。我比他矮了不止一头，需要仰望才能看到他的脸。直到这时，我才看清他生着一双奇大的丹凤眼，仿若来自马儿，瞳孔黑得泛了蓝，就像嵌着薄冰的湖，冷漠、易碎。那奇眩的蓝，简直要把人吸了去。

我愚蠢地问了句，你是女生？

他眨了眨眼，终于活过来似的说了声，你好！略带沙哑的重低音，让人想起科幻。后来，或许就是由于另类外形和嗓音，影响了同学亲近。他最终分在男生宿舍，我们一个屋。我嘲笑自己眼盲，同时被那中性杂糅的美所吸引，很快与他成为朋友。他身上总有一股清苦的香，又长一双那样的眼睛，误会他的不止我一个。他用黄瓜洗面奶，床铺以蓝格布围着，半长的自来卷一直舍不得剪，有人经常拿他开涮。说少了他装没听见，说多了他就拉长脸，朝人瞪眼珠子。那眼珠子，瞪得要从眶里跳出来似的。

同样引人注意的还有他的大长腿，别看他木，只要上了球场，就是他一个人的天下。

疯狂的时代加上疯狂的年龄，我们的沸点都很低，当掌声、哨子声、篮球与球篮的撞击声充斥耳膜的时候，再秀气的人也会凶狠地猛拍巴掌。同学们忽略掉他的硌硬，不停嘶吼呐喊，摇旗助威，恨不能将他供上天。

篮球赛接近尾声，他穿着红背心、鼓着腱子肉，左右晃着膀子奔跑，所到之处，片甲不留。口哨声、呼号声冲淹了整个操场，随最后一球落地，同学们将他抛向半空。那张开双臂在晚霞中起飞的形象，终因四肢过长而惨遭破坏。我清楚地看到，在落地的一瞬他眼里含了笑。那笑丝绸一样漫过人群，定格在场外的身影。人群自动裂开的一道缝，犹如黑夜闪电。他踩着锯齿状闪电，机器人一样走向那个身影。

咔，咔咔，咔！

那是个麦穗样的土腥女孩，钻出柳树阴影，递给他一罐健力宝。可惜他没喝完就蜷卧在地。我们跑过去，他不让扶不让碰，只是蜷缩着呻吟。

我们开始互相抱怨。

刚打完球，怎么能让他喝饮料？

老师说过，剧烈运动后不能马上喝凉水……

麦穗甩起发辫，试图背他。我抢前边蹲下了。同学们把他按在我背上，他不愿就诊，挣得很厉害，直到校医在他肚子上扎了三根银针，他才算老实。

校医捻转银针问，以前来例假疼不疼，有没有瘀血块？

我们噗地乐了。再怎么着，这么离谱的误会可真是头一回。

校医慢悠悠说道，十病九寒，身为女子，身体里都有条气血河，如果仗着年轻不善待身体，寒凝血滞、河道淤阻，活水就会变死水，不通则痛。你们啊，都是医学生，记着，以后经期忌吃冷饮辣椒，不能冲凉水……

有人捏着鼻子重复，身为女子，记着，以后经期忌吃冷饮！

我们爆发出新一轮大笑。在笑声中，周正扬的脸如扯皱的桌布，渐渐歪斜。许久，他才沙哑地回道，我不来例假。

女子二七而天癸至，天癸就是月经，二七一十四岁，现在女孩初潮更早，怎么能不来例假。除非……

没有除非！他打断校医，拔掉银针下了床。

麦穗与他并排站着，拽了拽他的胳膊，小声说，不怪老师雌雄莫辨，都怪你长得美。听话，咱先治病。

校医板了脸，冷冷盯着他说，你们都出去，我有话问他。

他回瞪着校医，仿佛要把她钉在墙上。末了，还是他先垂下眼，牵着麦穗慌慌张张往外冲，一路碰倒输液架、踢翻痰盂、撞掉治疗盘，还打碎两瓶酒精……

我接个电话。

哦，一会有个甲状腺手术。干了这杯酒，我撤！

产科梁同学

嗯，好香！再给我添点……我还没醉。

她是中途转学，半道插我们寝室的。总是冷着脸，寝室卫生基本上都是她在打扫。要说有什么特别，她小时候发烧，嗓子烧坏了，算金属音吧；贪吃，好吃不好吃，嘿，到她碗里就像没吃过似的，糖水荷包蛋，她能吃一整碗。还有就是，她怕那事。

有一回肚子疼，我陪她去医务室打针，回来她就中了邪，瞪着眼睛抱着自己，身上水洗似的。

我觉得好笑，那么生猛的女汉子，真是"阿喀琉斯之踵"。我说，这事还不跟喝水吃饭呼吸一样正常呀。

她当时反应很激烈，猛抬起头说，我就是不想！奇大的凤眼凝了一层冰，黑蓝色的冰，我吓得噤口，又忍不住昏头昏脑说了句，周，你的眼睛会变色。

我专门熬了姜糖茶，放了大枣、生姜，还有红糖。她却不肯喝。后来还是我威胁她以后不陪她打球，她才端起瓷缸，咕嘟咕嘟倒下去。好嘛，这边姜汤从喉咙里进去，那边就变成汗，从脸上、脖子上、脊梁上冒了出来。我怀疑她那身体就是大山，隐藏了无数秘密的泉眼。

她时不时就这样在对面坐成冒汗的大山，哑巴的大山，让人无计可施。

有天晚上，我试着撬她的舌头，你是不是有心事？

她根本不理。

室友们都睡了，蛐蛐在窗外拉着小提琴，蓝幽幽一轮满月飘浮在夜空。嗯，就像今晚，圆满得如同孕妇。我想那满月定是吸收了周的血，充养自己的月河，要不它怎么肚子那么圆，而她肚子又那么疼。

我胡乱想着刚要迷糊，门外有人喊，梁露，出来一下！

对，就是刚走的那位，外校男生。当年，我们仨经常一起出去看电影。我不怕当电灯泡。他们好的时候我好好的吧，他们互伤的时候，嗯，我还好好的。

一打开那黑色塑料袋，我就忍不住笑了。

他呼噜抹了把脸说，别告诉她我买的。你们都是女生，方便沟通，想办法让她脱敏。我们都是学医的，她排斥生理，这不对。

我觉得这人有点怪。他站在走廊尽头，窗外起了风，荡荡的蓝月光飘打在脸上，凉白凉白，像摇晃的河。

周呢，人家什么都没用，照样红背心白网鞋，晃着膀子跑成一团火，说是那个没了。我还发现她用"优思明"，一种避孕药。

我不明白，好好一个人，怎么随便就堕落了？

我脑子乱糟糟的，实验课，把蟾蜍神经都弄断了。直至后来去图书馆查资料，我才知道，"优思明"同时还抑制、推迟生理周期。县里马上要比赛，她是主力，当然要解决麻烦。我扔下资料就往回跑，想弥补因猜疑而引发的亏欠。可惜我没找着她。

我等来了陈同学。陈同学一直不说话。我们就那么站在操场土堆，望着远方削去封顶的不周山。村庄。薄雾。山影。云霞。飞鸟。太阳光。犹如流动沙画，最终归于沉寂。

他终于开了口，说，我喜欢她。

嗯，然后呢。

可她说，她喜欢的人是你。

这人疯了。

他追上来又说，我说你一个女生怎么喜欢女人。结果她说，我就喜欢梁同学！

你不觉得恶心吗？

我的意思，她是不是心理问题还没有解除。

你们俩，想谈恋爱就谈，不谈就分开，扯上我做什么。

那她怎么……

人家摆明了在借口拒绝你，我警告你，以后离她远点！我学着周的样子挥拳头。如果他不是诗人，如果不是读过他那么多首诗，我肯定会狠狠地把拳头砸过去。

那次谈话之后周就失踪了，直到第三天晚自习，陈同学才把她送回来。外面下着雨，俩人透湿，喝了不少酒。她个高，我几乎顶着她回的寝室。

她穿了件胭脂红连衣裙，身体勒得凹凸有致。她平时都是运动装，不知道什么时候发育完好的。来的时候我们都还小。

她甩着长胳膊吐，一边抱怨，你不知道，有多苦。

我说，苦瓜酒吗？喝那么多。

那双凤眼在发卷下闪着妖孽样的红光，看得我头皮发麻。她竖起食指说，只有在他面前，我才是女孩……

你们知道，那人上球场是火，下了球场就是冰，脸上四季没表情，要不同学们背地叫她"Glacier"（冰川）。而当晚，她就像石像施了法，忽然挤眉弄眼冲你笑。再联想陈同学的话，我猛然打了激灵。

我擦去她身上的污秽，紧着声问，你到底是男是女？

你当我是男是女……她笑得恍惚。

我想把她摇醒问问清，又怕她清醒。她反抓住我的手，手指粗大冷硬，我抽一下没抽动。

既然这么痛苦，就收手吧。你们会被开除的。我说。

陈，你不该心急……爹，我要吃饼干……别摔我镜子……

她沉沉睡了过去。我费力脱去她的湿裙子。酒味。电灯闪烁。身体的反光。混合一起的剑。窗外在打雷，闪电一道劈开另一道。

你们看，月河泛滥。

后来？我们没有再联系。那年月，这种人必定要出事。她中途辍学，跟所有同学断了来往。

是啊，我们口中那人一人一个样，你听不懂的。

不，我不是麦穗。

卫计委黄同学

如果不是今儿聚得齐，至死我都不想再提他。对，我叫黄麦，就是他们口中的"麦穗"。这帮同学没一个好东西，简直诋毁我形象。我有那么土？

想当年我就是太荒唐，居然跟他谈了三个月恋爱。提起这事我就戳心。班主任多次找我谈话，要我宽心。废话！事搁他自己闺女身上试试。

我当然恨他，明知道自己有病还跟我恋爱，什么东西。你不用替他解释，我永远不可能原谅他。

你说那回？唉。是，我也对不起他。

主要是我大姐，要不也不会出事。大姐是二毛子，知道我被人耍，咽不下那口气。当时她正割韭菜，抓着镰刀就冲到了马路上。我跟着她来到他的新学校，狠闹了一场。当时有多痛快，过后就有多怨悔。有啥办法？她是我大姐，出了名的泼。

大姐站在女生寝室楼下挥着镰刀破口大骂，骂妖人骗子，骂老师糊涂，有眼无珠……宿管夺去她的镰刀，但夺不走她的嘴。周正扬要不出来就好了，她在楼下出口恶气也就罢了，不敢闯进寝室动粗，还有宿管呢。偏周正扬出来了，还说我大姐诽谤。那么多人围观，我大姐怎么可能认输。看着周正扬她越骂越气，后来就动了手。

有不怀好意的人在旁起哄，嚷嚷验明正身。我大姐是有过犹豫的。真的我看出来了，她犹豫过，她一犹豫就会俩手绞一起，那晚她绞了好几回。但架不住人多啊。

我至今记得，她穿着裤头蜷墙根的样子，层层秋叶围着她打旋，飒飒作响。她始终没有哭，双腿并得紧紧的，像剥开的煮鸡蛋。那是我参与捕捉的大鸟，我不敢直视，拉着大姐要走。已经晚了。宿管报了警，上来一男的，用大衣裹了她。

为这事，大姐被抓，我受处分，她也退了学。

不说了，喝酒！

还是外科陈同学

病人晚上吃太多肉，手术推到明儿做。咱几个约半年才齐，难得一聚，我又回来了。

我走后她说我什么？这个梁露！

不，不是故意隐瞒。当时年少，谁没点隐私。

对他有意思？唉，好奇害死猫。说实话，你们就没有一点好奇吗？现在想想，我是够混蛋。

要说这种人每千万婴儿会有那么一例，怎么就让他赶上了。够可怜。他确实跟我走得近，没暴露身份以前我们是好哥们。到现在我都没法拿他当女人。那回球场他晕厥，校方把所有相关人员，包括你都安排一遍，不许外传，一面仓促给他办了转校手续。我还去找过他，记得很清楚，女生203寝室。

他在家排行老大，模棱两可的性别自然不讨喜。他们家从小拿他当男孩养，跟普通男孩没二样，只一回他觉得受了嫌弃。有天赶集，父亲买了饼干，全部塞给了表哥，他在旁边看着表哥吃，饼干没了才哭着要。没想到父亲大发雷霆，驮着他跑到村后小树林，把他连饼干渣一起扔了，骂他丢人现眼。后来他再没有向父母要过零食。

另一件是七岁那年，他母亲又有了身孕。家里的粮食、牲口、鸡鸭都被拉走了，他放学回家，房子也被推了，父母不见踪影，只有老狗阿黄，还在守着已经不存在的门栅栏。他挨着阿黄坐废墟上哭，天已经黑了，他没把家人哭回来。好心的邻居收留了他。他听到他们在灯下议论，要是纯男娃肯定舍不得。第二天，已经嫁人的表姐赶来，他才知道父母进了城，要在城里躲着等弟弟出生。后来每提此事，父亲总会说，当时跑得急，把你给忘了。

关于验明正身那场事，传得很远，我第二天去了他们学校。我不知道该以怎样的眼光去看他，是同情，还是回避，当哥们，还是……唉，就像好好的夹心面包，里边生了虫子。我就那么迟疑了一下，没有上去，在楼下坐着。天很快黑了。要走的时候，我见他从楼道里出来，手里团着条围巾，昏暗的灯光打在他脸上，斑斑驳驳，嘈碎得一塌糊涂。

是我把他从篮球架上救了。可我救不了他的心。舆论太强大了。

周正扬侄女

谢谢，我喝桂花蜜茶。你手艺真好，小小桂花都弄出这么多花样。

我看了一圈，今儿就我一个外人。不用抱歉，刚才的谈话，让我更了解了姑姑。

从小父母就不在我面前提起她。我是听邻居说的，说她是妖人。

那年暑假，我找了过去。那时不周山还很荒僻，山下有条月亮河，是吉祥河。村里人到河边止步，轻易不上山，山是不祥山。"西北海之外，大荒之隅，有山而不合，名曰不周。"不周就是不完整、灾难。相传，不周山是人界通往天界唯一的途径，终年严寒飘雪，凡人根本无法到达。人们不知道不周山在哪儿，便将所有另类山都当作不周山，也是泛敬畏。

我站山脚下，仰望那斜角梯形的残缺，有一种说不出的阴森与决绝。拽根疙瘩老树枝，我硬着头皮往上爬。一路上，艾蒿、青竹、构树、鬼柳，影影绰绰都带了邪气。我走得汗吁吁，却止不住脊背发凉。直到遇着那座石屋。石屋里堆放着很多草药，葛根、艾草、老龙须……我坐在石屋歇息，闻着干爽药香，才算缓过气。

那座人字顶木屋，屋内点了熏香，一个穿白旗袍的女人，正坐在雕花红木床上剪桑叶，丝丝缕缕的细桑从她骨节突出的指间滑落，铺满了青竹篾篓。那是我与姑姑第一次相见，我久久凝望着她：高盘发、丹凤眼、粗长睫毛、黑蓝眼珠，右耳垂点着颗黑痣，像雕刻师匆忙烙下的烟痕。这样的人，怎么能跟妖魔联系在一起？

姑姑对我的到来简直是感激，她居然知道我喜欢稠玉米糊。五个小菜：虎皮蛋、糟卤豆翅、梅渍樱桃、香菇炒青菜，还有一碟绿莹莹的腊八蒜。她的厨艺就像她的医术，超一流。

我夹起一瓣蒜问，石屋怎么堆那么多药草？

她说，我靠它们生活啊，山里到处是野生苦艾，晒干可以裹艾条；再种些月月花，活血散瘀，女孩儿调经最好；我还有个桑园，除了养蚕取蚕沙，桑葚、桑叶、桑枝、桑皮都是药。平时少不了这些药材。别看人们轻易不上山，有些沉疴旧疾，外边治不得，我倒是治得的。

饭罢姑姑挪开墙角的蒲团，露出一条通道，通往下边的蚕房。蚕房昏暗，错落悬吊几只碗灯，毛茸茸的光线洒下来，揉着扁箩里的蚕宝宝。沙沙的蚕食桑叶声雨一样充斥耳膜。我脑中忽然冒出一句话：蚕可分雌雄？

姑姑端着陶罐收蚕沙，说起那些传闻，倒是坦然。

我出生那天，父亲不死心，非要亲自查看。到底在我双腿之间，找到一颗豆粒大小的肉赘。

那年月生女儿是很丢人的事，何况他是村里的周会计，他抱着我到处去捡脸，瞧，我儿子！我被当男孩养到一岁，母亲发现我撒尿总是出来两股，抱着去了医院。医生说，内在系统还是女孩，要尽早手术切除……母亲一听，当时就哭了。父亲呢，他大骂庸医，连夜抱我回家，仍固执地让我剃光瓢、穿裤衩，粗声大气地叫我儿子，直到有一天我来了事。那年我十四，"二七天癸至"，古人的话丁点不差。父亲彻底傻了眼。我也一直以男孩自居，这对我来说无异于洪水猛兽。在父亲的暴力下，我越发不知道自己是谁。不是男孩，那，又怎么可能是女孩？好像有人拿斧头劈了我的脑子，又没有完全劈开，意识靠仅有的连扯来回乱窜，窜得人崩溃。清晨醒来，我一次次掀开被单，抚摸查看自己的身体有没有长成希冀的模样。平胸、阔身、大个子，结果总是失望的。我白长了一张好脸，哪边都不是，自己都觉得畸怪可怕。如果跑开能躲避灾难，我情愿跑到南极，哪怕累死。可它扎身上是刺，融体内是血，即便故意喝冷水，它依旧如猛虎下山，月月将我扑倒。那是不折不扣的杀戮，还杀得拖泥带水，让我每每留一口气残喘，等着它下一次杀戮。

在母亲的支持下，我曾偷买了镜子、雪花膏，都被父亲扔了。他骂我不男不女，拿着米缸铁盖，差点削掉我的耳朵。我捂着受伤的脑袋，开始第一次强烈地反抗：我穿上了花裙子。只是没想到他会死。他喝了整整一瓶农药 **1605**，留下遗言说，这辈子没有纯种儿子（弟弟耳聋），下辈子要我们躲着走，不要再与他相认。

想想不清不楚活着十几年，我恨不能随他一同去了。是母亲说让我等，等再卖两窝猪娃一季西瓜，就为我做手术，没谁再拦着了。

在学校我交了女朋友，是她先追的我。她让我一度以为自己就是男子汉，直到球赛痛经复发。

关于我的传闻，早习惯了。我在南方亲眼看到男女差距缩小，陈腐偏见减弱，就听从医生建议切除肉赘，做真正女人。对学医的我们来说任何手术都可行，并不妨碍谁，何况我只是矫正。但乡亲们接受不了。

讲述中姑姑始终面容恬淡，像是说着别人的故事。可我分明看到，她瞳中有月光流淌。她临走在墙上刻下的名字，我也不明白什么意思。

庄园已经转让。没有手机号，她不用手机。

还是陈彦修

他们都走了，就剩下咱俩，余姐，我想跟你说点体己话。别介意哈，当年你是校医，我们叫你老师，今晚我们都为周正扬来，就是同学，是兄弟姐妹。你约半年才把我们约齐，一个女人做到这样，我服。在某些方面，男人不如女人勇敢。我喝了，你随意。

我专门折回来，就是要告诉你，别找了。你差不多将人叫齐了，该不该说的大家都说了。还想知道啥，我告诉你。你不欠他，你只是尽了……医生的责任，不存在揭穿谁。不，我很清醒。听我说，她又去手术了。她已经做过一次，脑袋被驴踢了，要再做回去。妈的，这种手术很好玩吗？

之前她一直在山上给人治病，名气传很远，后来潜心研究药草，发表不少论文，引起上边关注。有人邀请她参与研究中医药治疗艾滋病，她答应了，说要先去解后顾之忧。可我向各家医院朋友打听过，没有她任何消息。中医研究所那边，她根本没去。

一个大活人不是水滴，在锅底刺啦一下能消失，或许她已经投胎做了明白人；或者术后顺便整了容，就在我们中间，只是我们谁都不认识；再或者，她今晚已经来了，就在现场……

喝什么水。我喝月亮，啊，喝月亮。

告诉你吧，我收到过她写的信，很厚一沓。

喏，我吃得……嗨，已经不完整。

……并且在知道我的身份以后，还要我做女朋友。你像麦穗一样，给了我性别的肯……

我一遍遍触摸多余的肉赘，试图辨别，它到底是不是辨别的标志。万恶的魔鬼……随着身体发育，我膨胀了欲望，早熟的罪恶的，混沌可笑的欲望。我不知道……应该接受女朋友，还是……女娲造人，大概也不会料到，小小动作差异竟会造成泥人一生的悲剧。

夜深人静，我常常望着镜中刚刚经历过肮脏的脸孔，是不是要流血而亡。别问我卫生间镜子谁砸的。

……不知世上有多少像我一样身份不明的人，还在混沌中挣扎。每每躺床上大汗淋漓，我必自语：你是男是女？不，我是蜗牛我是蚯蚓我是黄鳝是牡蛎，啊我是水母是鞘是大西洋扁贝。那是雌雄同体的生命狂欢，那是堕落到理直气壮的奢华盛典。

我不再相信狗屁规矩……然而，当我穿着白旗袍，以真正女儿身出现在村庄，村民竟视我为妖孽，包括我的亲弟弟。我围着村子转了三圈，都没能踏进家门一步……在与残缺的对视中，我幡然滚下热泪。到此时我才明白，自己怨恨得毫无道理。我用手里的余钱建了庄园，打算在此吃斋礼佛，安放余生。

……没想到上级领导会……既无缘做女人，也该去尝……

前半生我尽折腾自己的身体了。如果手术成功，我将灭掉所有过往，集中精力做有意义的事。

彦修，不管怎么说，前后自杀五次，我还活着，你该为我庆贺。

我期待那一天的到来：世上男女再无差别，也再没有人苛责，你是……

信的残缺部分我给吃了。信纸湿了，我就一页一页揭开吃掉，我吃掉了那些显影。

第一页，周正扬红背心白网鞋，在信纸中央奔跑；

第二页，她包着头发，躺在蓝色手术台上；

第三页，大眼男子走出手术室，西装革履，长胳膊揽着位姑娘……

我一页一页吞下那些旧纸，忍不住骂，周正扬，你个混蛋！

是，今晚无关男女。她只是，万物生命之一。我们每一个人，都是万物生命之一。我也，跟你说不清了……

　　敲下最后一个标点，天已大亮，卖豆浆的在楼下吆喝。我拉开窗帘，成群的黑燕在窗外盘旋，啾唧，一律头裹黑纱，胸腹灰白，齐整得没有任何区别。

　　小说里的周正扬已经结束了，生活中还远没有结束，尽管我不知道她现在在哪儿。值得欣慰的是，她的愿望已经实现。我希望这篇小说她能看到，希望她看到后能主动站出来，哪怕是出来骂我。

　　是的，我欠她一个说法。

　　我们欠她一个说法。

2019 年 10 月于确山

白莲子

　　在石角街，想要孩子，最便捷的方法就是去我们医院。不是说彤城中医院生育科有多出色，而是医院的小花园，常常有被抛弃的私生子，或不如意的婴儿，女孩、兔唇、智障、先心等。

　　喜悦就是唤姨在李时珍像背后捡的。他的毛病是多了对肉翅，胳膊与躯干之间有狭长的皱皱，就是"腋下皮肤粘连"。唤姨却不这么认为，她坚持说，孙儿是基督送她的礼物——安琪儿。

　　唤姨是药剂科退休职工，经她的手捡的药，加起来能铺满石角街。她在家属院年龄最长，我们都恭恭敬敬叫她唤姨。

　　唤姨腿不好使，换膝盖换坏了。初始关节僵硬，走路蹒跚，后来在喜悦爸爸的要求下，换了人造假关节。可惜她不适应进口的高级材料，手术做了两次，膝盖都不能消肿。最后，不得不把假关节取出来，可原先的关节是不可能还原

的，所以，现在她膝盖里填充的是骨水泥。她自个的真关节
被层层红绸包裹，放进了抽屉里的盒子。喜悦放了学，常常
抱着唤姨的膝盖骨听声儿，膝盖骨是唤姨准备带进棺材的物
件，除了这个喜悦，谁也动不得。有一回，喜悦又说，蚂蚁
钻进去了，它们在吃骨头，咯吱咯吱，咔嚓咔嚓！我皱着眉
凑过去听，什么都没听到，就拿过红包放耳边。这时，唤姨
顶着满头"雪花"进来了，笃笃的，笃笃的，拐杖急促地敲
击地面。我一看不好，忙把红包塞回给喜悦，但是来不及
了，龙头拐毫不客气夯在我头上，好几天大包才下去。

因为喜悦的肉翅，医院家属院的孩子都不乐意跟他玩，
就我吧，还被他奶奶打跑了。那年夏天，喜悦只好一个人骑
在墙上剥莲子。

喜悦黑，一张脸仿佛橡胶塑的，塑好又被烫一下，鼻子
眼都不周正。喜悦瘦，打小不好好吃饭，为了给他补养，唤
姨成把地给他吃莲子，冬天是莲子粥，夏天是青莲蓬。

喜悦骑墙上剥青莲蓬的样子很得意，晃荡着两条腿，一
边剥，一边吃。

唤姨在墙下望着墙上的孙儿，摇着满头"雪花"背诵：
白莲子，交心肾，厚肠胃，利虚损，强筋壮骨稳心神……喘
口气儿，又小声补充道，体弱多食。

那时候我们都羡慕喜悦，有这么个奶奶，有青莲蓬吃，
还有白莲子串的项链。

说来也怪，我们中医院的药剂科仿佛就是给他们家开

的，药房的人一听唤姨笃笃的敲拐声，就忙站起来抓莲子，一把，两把，三把她也不嫌多。至于新鲜的青莲蓬嘛，唤姨说是乡下送的。他们家乡下的亲戚像蚂蚁，多得数不清。

一日，喜悦又骑在墙上剥莲蓬，戴着白莲子项圈，晃着两条腿，一边吃，一边看墙外的葵花田。不一会儿，地上落一堆青花花的壳。

莲蓬好吃吗？不知什么时候，墙外来了个小女孩，白皮肤、白纱裙、白凉鞋，像浮在清水里的一朵白莲花。她身后大片大片的向日葵，金灿晃眼，喜悦不得不把目光收回，停止腿的晃动。

喜悦！奶奶在叫。

喜悦不理，刷，把手里的莲蓬扔下去。

女孩捡起莲蓬，仰脸笑，说，你就是长了翅膀的阿丑？

我不叫阿丑，我叫喜悦。

就叫阿丑，阿丑比喜悦好听。你爬那么高，不怕吗？

喜悦不吱声，攀到旁边的构树，爬得更高。

我可以上去吗？

喜悦剌溜顺下地，找到墙上的一溜凹坑，使劲推女孩的脚。

女孩在墙上叫，阿丑，好高呀！

他们碰着了蜘蛛网。

女孩已经上去了，喜悦犹豫几秒钟，跳下地，弯腰找到掉下来的蜘蛛，重新把它挂网上去。他不走原来的路线了，绕到旁边，踩着砖缝上。砖缝比凹坑难上多了，喜悦吧唧掉到地上，他咧咧嘴，没有哭。

女孩骑在墙上，朝下挥莲蓬，你真勇敢。

她哪儿知道，喜悦从来不哭。

喜悦打小就是听着哭声长大的。他们家隔壁就是太平间，医院经常死人，死了人，就好多哭声。如果你听到过，就知道那是真正的哭声。失去孩子的男人，或者失去丈夫的女人，他们惊天动地号哭，震得人揪肝扒肺地疼。喜悦的心都裂了纹，一股一股往外渗酸水。

女孩把莲蓬掰成两半，递给喜悦。现在，两个人在墙上剥莲子。剥莲子的声音，在夏天的傍晚听起来很嫩。

喜悦家，女孩是除了我以外的第二位小客人。

唤姨很喜欢她，问，你是中医院的小孩？

嗯。不是。我来走姑家。女孩眼睛里嵌着两颗露水珠，点头又摇头。

唤姨开心地笑了，哦，嘀嘀嘀，多玩儿天，喜悦缺伴儿，他没有朋友。

喜悦咕哝道，谁说没朋友，小白就是。

小白是只兔子，养了两年了，越养越大，快把笼子撑破了。它每天得吃一堆草，每每为它的食物，喜悦要跑好远的地方薅草。石角街附近，青草越来越少了，它们被越来越多的楼房覆盖了。喜悦的爸爸几次都说杀了小白，喜悦不同意。开始奶奶站喜悦这边，后来，看喜悦着急忙慌地到处找青草，就站到了爸爸那边。

喜悦领着女孩在客厅玩。女孩说要看翅膀，喜悦掀开衫子让她看。他张开胳膊，腋下的粉色皱褶就露了出来，布满没有羽毛的毛囊。

这就是传说中的翅膀？女孩咯咯笑着伸出手，说，一点都不像。

那只手又滑又轻，像在哈痒痒。喜悦忍不住扭动身子，也笑，说，爸爸想把它割了。

别割。割了你会死吗？

奶奶也不让割，有一回跟爸爸吵架，她闹上吊。

饭端上来，喜悦愣住了。

来，多吃点。奶奶夹了一块肉，放女孩碗里。

谢谢奶奶！女孩说，阿丑，你怎么不吃饭？

喜悦瞪着爷爷，筷子掉到餐桌上。

阿丑哥，你肚子疼吗？

你杀了小白！喜悦瞪着爷爷，咬着腮帮说话。

怎么跟爷爷讲话，拿筷子吃饭！喜悦的爸爸放下酒杯，厉声呵斥。

喜悦不敢不吃，握住筷子，往嘴里挑米饭。

奶奶夹了兔腿给喜悦，喜悦把它掷回瓦罐。

女孩看看喜悦，在桌子底下握住喜悦的手，他的手很凉。女孩把碗里的肉也撂回瓦罐。

养兔子就是吃的，又不打算剪毛。你看你，每天上学，做功课，还跑老远去薅草，嗯？

奶奶也这么说，真让喜悦绝望。他跟奶奶说过，如果实在没法喂，他可以把它放回山里。还没等他下决心送走小白，爷爷已经动手了。爷爷就是奶奶手里的提线木偶，奶奶拉一下，他就抖着长胳膊细腿，完成一个指定动作。

爷爷夹起兔头，一丝一丝啃起来。

爷爷是医院的"美容师"，专门给那种人美容。他长了一双粗短的手，喜悦见过那双紫乌的手拿卫生纸填塞血洞，缝合撕裂的肚皮，也见过那双手用绷带和铁丝缠接断掉的胳膊。有一回，在奶奶帮助下，他用一上午的时间拼碎掉的脑壳。他的任务，就是把那些"惨不忍睹"，变得"容易接受"。为了这个，他还专门去石角街美容院学化妆。他的手擅长修复，也擅长剔除。现在，他正一丝一丝剔除小白脑袋上的皮肤、血管、筋肉。

爷爷吃小白很讲究，他说，兔头不能乱啃，得掰开，先吃哪儿后吃哪儿，有说道。

喜悦看见小白毛茸茸的脑袋、红眼睛、粉耳朵，还有，脖子里齐刷刷血淋淋的一条线；他看见爷爷嘴上的兔毛；看见爷爷铺了小白的皮在腿上，沾着血滴。

他在吸它的脑髓。

喜悦牙齿咯咯打战。

除了小女孩，爸爸、爷爷，就连最疼爱他的奶奶，无一不在吃小白。

他们撕它的肉，吃它的心，嚼它的骨头。

他们的舌头不停地在嘴里搅动，吧唧有声。

他们的嘴唇油光发亮，突兀得可怕。喜悦突然踢翻凳子，劈手把最后一块骨头从爷爷嘴里抠出来。这回，爷爷的嘴唇真的挂了血珠，还吐出一颗苍老的牙。他用酒杯里的残酒漱了口，扑，全喷在喜悦脸上。

喜悦接连不断地号叫，喜悦不是爱出声的人，这一回，他的叫声把我们吓得不轻。大家纷纷跑出来，涌到他家。可惜，我们只闻到酒肉的香，看到喜悦家的聚餐场面：喜悦坐在蓝色的塑料凳上，扒米饭，他的爷爷和爸爸在碰杯，奶奶给喜悦夹菜，一个陌生的小女孩，手里端着碗，望着喜悦，眼睛嵌着两颗露水珠。

喜悦从墙上站起来，把碎骨抛向天空。骨粒在降落的过程中逐渐放大，放大，渐渐幻化成飘浮的莲花。巨大的花朵在半空中迎风拂动，洁白的花瓣微微颤抖。它向远方飞去，越飞越高，越来越薄，最后，敷在粉蓝的天空，几欲透明。

喜悦喃喃说道，你看见白莲花了吗？

身后没有人回答。小女孩刚坐过的地方凉凉的，只有几只白莲子。喜悦把莲子握在掌心，跳下墙。大片金灿灿的葵花，每个花盘都是一张脸，一模一样的许多脸。他想把她从里边喊出来，却懊恼地发现，他叫不出她的名字。

喜悦开始厌食，话更少了。

唤姨中风了。

药房里的人，再也没有听到她拄着拐，敲击地板的声音。木质中药柜全换成了不锈钢，他们拉开精致的小抽屉，白莲子躺在里边，像一群安逸的胖娃娃。

人瘫了以后，胸口总漏气，唤姨干瘪瘪地躺在床上。喜悦走过去替她擦口水，拍拍她的胸，硌手。她身上还残留着淡淡的中药香味，那是常年在药房熏染，一辈子的积累。唤姨老得已经没有睫毛了，她眯着光秃秃的眼睛，一眨不眨盯着喜悦看，从床边摸出一张皱巴巴的纸，问喜悦，你捡到一把莲子？

…………

把它当药引，喝了。喝了它，就能吃饭了。

那是一张药方。

喜悦没有接药方。帐子里有只蛾子，喜悦想把它赶出去，却怎么都赶不走。他只得拿塑料袋装了，从窗户放飞。

当晚，喜悦的爷爷遵照唤姨的嘱咐，在院墙上点了一溜蜡烛。红红的烛火映在黑绸样的夜里，很秀气，也很神秘。喜悦说，他看见长翅膀的小人绕着蜡烛飞，还有一朵漂移的白莲花，和女孩走那天看到的一模一样。他说，奶奶问过了，那天没有谁家的侄女来找姑。他说，小女孩是唯一一个，陪着他不吃小白的人。

那天晚上，喜悦跟我说了很多话，有点反常。可我除了红蜡烛，什么都没有看到。

我把蜡烛和小天使的事说出去，没有人相信。连我都不信。不过我们大家都在心里承认，喜悦是家属院最灵异的孩子。

喜悦喝了药，浑浑噩噩睡了三天，清醒后食欲大增。据说，肉翅竟渐渐萎缩，最后只剩下针尖大小的肉粒儿，散在腋下。喜悦的脸白了，身个猛蹿，五官周正许多，十三岁那年，甚至当上了班长。后来的喜悦很健谈，常常像王子一样翘着下巴，戴着红领结，精神抖擞地穿梭在各校园、广场之间，主持节目，跳伦巴，演讲，参加象棋大赛，在石角街出尽了风头。不过，他再也没有见过灵异的东西。他跟我们一样了。

喜悦考上医学院那年，他爷爷酒后睡在路边，被大货车拦腰碾了。喜悦的爸爸请外院的"美容师"替他爷爷整了容。唤姨还活着，糊涂了，说喜悦不是捡的，是他爸亲生的，有妈，说他是天上七仙女的私生子。她白天睡觉，夜里闹人，吵得四邻不安。夜深人静，她叫喜悦，喜悦，喜悦哪去了？人哪？咋没人哩？把门给我开开……喜悦的爸爸告诉她，喜悦上大学去了！她呼呼喘一阵，就安生了。不到十分钟，又喊，花儿，关门！花儿是喜悦的爷爷，小名儿。她老这么胡说，家属院的孩子很怕她。但有一样她不糊涂，她经常眨着没有睫毛的眼，提醒喜悦的爸爸给喜悦寄莲子。她说，白莲子，交心肾……厚肠胃，利虚损，强筋壮骨……稳心神，体弱多食。竟一字不差。

喜悦早不吃莲子了。毕业后回到肜城中医院，先是助理医师，然后主治医师，再后来，做了心内科主任。在喜悦任期出了件大事，患者家属把心内科一名医生捅了。他因为受贿也受牵连，被抄了家。家里没什么值钱的东西，抽屉里一个红布包，里边一把碎骨，生了好多小黑虫，工作人员当场把它扔了。

那天夜里子时，唤姨咽了气。唤姨死的时候，一屋子香味，中药香。

喜悦临走什么都没带，只带了包莲子，走到医院小花园的水塘，把莲子撒进去。

一年，两年，喜悦回来的时候，水塘里满是青莲蓬、白荷花。

喜悦坐门诊，给人把脉开方，每天只看十个病人，看完就守在荷塘边。夏天，守着荷塘摘莲花，花蕾蒸馏以后做白荷花露，给中暑的病人用。秋天，守着荷塘采莲蓬，莲子剥开，晒莲子心。莲子心清心去热平肝火，老人用最好。去了心的白莲子，喜悦拿去串莲子项链。家属院的孩子，每人都有一串白莲子项链。

花园里水塘不大，收获的莲子却不少，遇到辩证对路的病人，喜悦也会递上包莲子，交代说，白莲子，交心肾，厚肠胃，利虚损，强筋壮骨稳心神，体弱多食。

人们有的把他送的莲子吃了，有的就撒进村前村后的池塘。后来，全县大大小小的水塘都长满了白莲。

他们都记住了喜悦的话：

白莲子，交心肾，厚肠胃，利虚损，强筋壮骨稳心神，体弱多食……

他们一边摇头晃脑背诵，一边把串好的白莲子项链给自家娃娃戴上。

原载《黄河文学》2013 年第 12 期

揪出李狗狗

从"橘子庄园"一出来，王赛文就缠住了向鸣的脖子。她摸着向鸣的胡茬说，你该刮胡子了！拖着长长的尾音，像撒娇的小女儿。

向鸣闻着她身上散发出的橘子清香，心里热乎得不行，无奈大庭广众之下，只得阻止她的亲吻，随口逗她说，你知道我谁啊就亲我？

王赛文噘起嘴，恶狠狠来了句，李狗狗！

向鸣一愣，又一惊，半晌说不出话。

到了家，向鸣还在心里犯嘀咕：谁是李狗狗？不可能有人叫李狗狗，肯定是昵称，还得是男的。对，她把我当他了，当成他亲呢，故意恶狠狠又亲昵地叫他，分明是撒娇！

向鸣，我渴了。王赛文在里间喊。

渴了自己倒水！向鸣没好气，咣当，把带回的橘子扔到地上。他眼睁睁看着几个橘子愤怒地滚出纸箱，没有理会。

上个月，向鸣刚被免了医务科长的职，医师执照也被吊销了，医院让他待岗半年，好端端的谁受得了？说到底都是贪欲惹的祸，为了一个月五百元的挂名补助，向鸣把自个儿卖了。他想不明白的是，血透怎么会造成两名患者感染乙肝？还有，那俩人本来已经打发停当，说好不追究，谁又把事捅出去的？省报记者怎么知道血透室被承包了，并且承包的护士长没证，拿向鸣的证假冒呢？为这事，向鸣琢磨了一个月也没想明白。

这下好，血透的事还没了，平地又钻出个李狗狗。怎么来的？王赛文不是喜欢书法吗，今儿她过生日，就约了几个文艺界朋友去"橘子庄园"采风。"橘子庄园"名头很响，有一回向鸣带专家下乡义诊，路过的时候看见，当时还被它的奇特外观震了一下，它就像一枚从天空掉落的天鹅蛋，稳稳地卧在旷野。听说里面种了不少橘子。王赛文约的有写书法的、搞摄影的、旅游的，还有个诗人，加上单位两个好姐妹，向鸣的哥们儿吴晓，正好十个人。

一行人来到"橘子庄园"，疯子似的。庄园实际上就是个大温室，穹隆状屋顶罩着排列整齐的橘子树，绿油的叶子，黄艳的果子，橘子的清香肆意流荡。诗人率先脱去外套，现场作诗，伸开双臂大声朗诵。向鸣虽说娶了文艺的老婆，却向来不懂文艺，一份新闻和一篇小说，他宁愿读两遍新闻，他根本没听懂诗人朗诵的是什么，反倒想笑。王赛文翻译过来，大致意思就是：自古"南橘北枳"，现在有人利用高科技，硬把它挪到北方，建了"橘子庄园"，让长期禁锢在"水泥笼"里的男人女人可以来采摘橘子，羽化成仙什么的。王赛文翻译的时候两眼放光，裹在身上的寒冰被灼热的艺术层层火化、剥脱，整个换了个人。向鸣跟着一群半疯，把橘子吃了个饱。庄园的规矩，进了园子随便吃，但摘的橘子吃不完出园要过秤，价格是市场上的两倍。现摘的橘子皮薄肉嫩，汁液饱满，岂止是美味。他们在园里疯了一整天，晚上，找了个包间进餐。王赛文端着透明酒杯挨个敬酒，末了把自己灌得醉眼蒙眬，大红古灯衬得她娇媚无比，让向鸣想起他们的新婚之时。遗憾的是，临走她怎么就叫出了李狗狗的名字？正如冰水泼在烙铁上，向鸣刚燃起的热情被瞬间熄灭。更可恨的是，李狗狗跟王赛文那么亲，他都不知道他是谁，长啥样，多大年纪。

这段日子，向鸣净待家咬牙切齿了，悔恨、懊丧、颓废，甚至起过离家出走的念头。但想想王赛文，再想想儿子稻壳，他咬着牙硬撑，撑起一个男人最后的底线，将那苦酒连同酒杯一起咽回肚里。他承认自己栽了，这辈子都别想再翻过来，但他不承认，自己会倒霉到一个跟头还没爬起来，就再栽个更大的跟头。他在心里发誓，一定要揪出李狗狗，不能让他毁了自己的家。

卧室里，王赛文的小呼噜如同小风吹入破洞的窗纸，哔哔剥剥，枯燥乏味。向鸣望着窗外一弦弯月，霜寒露重，夜确实已经深了。

这个早晨太静了，静得王赛文在梦中都觉着恐慌。就是这种恐慌把她扰醒了，确切地说，半醒。王赛文迷迷糊糊觉着不对，但她没睁眼，闻着房间里残留的橘子和红酒味，恶心，头疼。她翻了个身，接着睡。

向鸣搬把椅子守在床边，叫，文儿，醒了？醒了就睁眼，睁眼看看我是谁？

王赛文睁睁眼皮，没睁动。人的大脑入睡就像机器休眠，重新启动要有个过程，在这过程中人就半睡半醒。王赛文刚启动一半的脑神经拉着齿轮，咔，转一下，停一下，再转一下。

向鸣听不见齿轮转动，以为王赛文不理他，又叫，文儿，还渴不？

这一声叫启动了她的另一半大脑，包括支配眼部肌肉的神经，王赛文睁眼了。她睁眼看见床前的向鸣，吓了一跳：向鸣手里拿着个大橘子，正直不愣怔盯着自己。她脑子里咯嘣一声，咔咔咔咔咔，齿轮飞速旋转，她完全清醒了。

王赛文坐起来说，你一宿没睡？

嗯。向鸣垂着眼皮剥橘子。

肯定是有事了，如果没事，这时候向鸣应该在厨房煎蛋或者切洋葱，而不是在这儿阴阳怪气地剥橘子。王赛文隐约记起，在"橘子庄园"，好像有人往她裤袋里塞东西。她摸摸裤袋，是张纸条，谁塞的，却再想不起来。当时她头昏眼花，心脏怦怦跳，到处都是红酒发酵的暧昧，物体都是倾斜的，人脸都是扭曲的，她根本没看清那人长啥样。只一个感觉，那人手大，王赛文口袋小，那只手塞了两次才把纸条塞进去。

在弄清纸条的内容以前，王赛文不想让向鸣知道。她悄悄把纸条摁了摁，下床恢复了平日的端庄。

王赛文的端庄全院出名，她白衣胜雪，发髻高绾，耳朵上的珍珠耳饰戴得一丝不苟。端庄是什么？端庄就是观音娘娘的美貌，就是距离，就是阻挡男人亲近的利器。王赛文婚前无比冷艳，婚后冷艳无比，除了略微丰满，玲珑剔透的脸上并没有更多表情。哪怕是对向鸣，也难得展现笑容。这几年，儿子稻壳住校，他们各睡一房，更是谁也不理谁。向鸣觉着这女人太漂亮了，如果再矜持，那简直就是一坨冰，让人没法靠近。

王赛文一边戴珍珠耳饰一边说，你去补觉吧，我做早餐。话没完，人已自顾走了出去。

她都不问问他为什么反常！这就是不醉酒的王赛文。向鸣懊恼地看着她的背影，理直气壮的质问泄了气，只剩下一丝儿恍惚。恍惚昨晚是不是做了一场梦，恍惚橘林中手拿相机、天真妩媚的女人是不是她王赛文？恍惚自己的女人是不是曾亲昵而恶狠狠地叫出过李狗狗的名字。难道，只有那个叫李狗狗的人，才能唤出她沉睡的妩媚？如果没有李狗狗，那该是多么美好的夜晚。可恶的李狗狗，不但搅了他的良宵，还成功隐身，至今连影儿都见不到。

无论如何，一定要揪出李狗狗。向鸣打起精神，又发了一遍誓。

向鸣还在剥橘子，一边若无其事地问，文儿，你们中药房有个姑娘，高个儿，白脸儿的，叫啥？

个儿高白脸，是李晶晶，你认识。怎么了？

随便问问。向鸣把橘子一瓣一瓣摆到盘子里，说，中药房还有谁姓李？

没了。

那，你们医院都谁姓李？

李龙飞、李燕，还有个李玉河。

李玉河是瘸子，老婆没这么重口味，李燕在妇产科，也是女的，还剩个李龙飞。向鸣盘算着又问，李龙飞多大了？

王赛文奇怪地瞟他一眼说，十九，刚上班，在心内科。李玉河三十八，李燕四十了。

不对吗？向鸣抓着橘子发愣。

王赛文冷着脸，端起橘子倒进油锅，噼噼啪啪的爆裂声响成一片。糖稀的香味一股一股往鼻孔里钻，向鸣戴上围裙，心说，先到这儿吧。

王赛文在中药房整整干了二十年，从内到外熏陶的都是药草的清凉婉约。想当年，要不是吴晓鼎力相助，向鸣也断没那本事抱得美人归。吴晓跟向鸣同年进院，吴晓凭着三寸不烂之舌，早早提拔了副院长。向鸣结了婚，就在吴晓的鼓动下铆足劲儿往上爬，好不容易爬到医务科长的位子，职位说没就没了，就连苦熬八年的医师证也被吊销，岂止是亏。

吴晓受连累也被撤了副院长，气得直骂他目光短浅。

在家待岗头一个星期，向鸣的精神整个垮了，失眠、多梦、易惊，憋得眼膜也充了血，仿若兔儿眼，头发成把地掉。后来他想明白了，得面对现实。漂亮的王赛文，成了他的心病。王赛文是女人中的精品，向鸣虽说脑瓜好，但相貌差点儿意思，王赛文得脱掉高跟鞋才能跟他站一起。以前，好歹他是医务科长，王赛文是药房普通职工，现在他啥也不是，还得靠老婆养活，叫他如何放心。第二个星期，向鸣就开始跟着电视学厨艺，变着法地给王赛文做饭。王赛文的目光扫向他的时候，也算有了点温度。向鸣知道，自己并非真正淡定，他在油锅里熬，在等，等刑满释放。

王赛文近期却表现良好，不跟文友外出采风了，也不去上书法课了，她居然学会了理家。她先买了木头花架，浇透水说要养青苔；又买了红掌、碧玉、韭菜莲，红掌正抽芯儿，韭菜莲也正裂苞，阳台上红白青翠的，倒也好看。向鸣稍放了心：看来她有悔意，那就好。

可惜好景不长，王赛文紧接着就染了头发。她不再绾发髻、戴耳坠。头发烫了，也染了，光滑闪亮的发卷披在肩头，让她年轻了不止十岁。浇花、松土、施肥，一下班，王赛文就在阳台上忙碌。有一天，她居然还在头顶夹了株青幽幽的豌豆苗。自从电影《捉妖记》横空出世，街上就流行这种带小草的夹子，少男少女甚至中年男女，人人都模仿萌妖胡巴头上长草，满大街滚动着发芽的土豆，萌态十足。王赛文本不喜跟风，可今天也头上长了草，这说明什么？说明事情并没过去，表面看她从天堂走到凡间，接地气了，不玩高冷了，是好事，可是这正说明了李狗狗的重要性。结婚十多年，向鸣都没能让王赛文染上一丝儿烟火，那叫李狗狗的男人在这么短的时间里就有本事把她从天上拉到地下，不是魅惑是什么？说到底呀，他得继续排雷。反正在家闲着也是闲着，不如跟着老婆去上班。向鸣盘算着，不能明着跟，得暗跟。

向鸣连跟四天，一无所获。倒是王赛文拎着小秤在中药房忙得脚不沾地，叫他好生心疼。第六天的王赛文跟往常不大一样，她换上了玫瑰紫运动服，脚踏白色网球鞋，浑身上下洋溢着清新活力。向鸣跟着，看着她推开中药房的门，自己在走廊候诊椅上坐下。这个位置能透过玻璃看见整个药房，药房的人不从窗口探出头，看不到他。走廊里病人家属不停穿梭，要么苦大仇深，要么心急火燎。中药味一阵一阵翻卷而至，向鸣细细闻去，轻易捕捉到陈皮、良姜。还有白芷的味道。向鸣心里泛起淡淡的自豪，好歹，咱也是中医本科。今天药房九个人全齐了，白大衣、白口罩，还有白脚套，头对头坐在配药桌周围开会。向鸣听不到他们说话，感觉如看无声电影，电影里九只白蚁，在利用触角传递信息。

会议结束，"白蚁们"散开，拉抽屉的拉抽屉，搬袋子的搬袋子，挪柜子的挪柜子。除了小抽屉，那些物件都比他们个头大，他们挪得很吃力。蚂蚁搬家？就在向鸣发愣的时候，有个小子突然抄起棍子，啪啪啪朝地上猛摔，同时传出了王赛文的尖叫。向鸣来不及细想，拔腿跑往药房，正好与冲出来的王赛文撞个满怀，同时溜出的还有一只黑鼠。那黑鼠太大了，经过的时候还朝向鸣看了看，才惶惶逃窜。

吓傻了的王赛文看清是向鸣，筋骨一软，多亏向鸣扶着才没跌倒。她抬起头疑惑地问，你怎么来了？

向鸣很气愤。王赛文小时候被老鼠咬过，现在脖子上还有疤，他们怎么能让她捉老鼠呢？向鸣决定鸣金收兵，一个大老爷们没本事，让自己的女人受这种委屈和惊吓，纯属无能。随她去吧，即便真有什么李狗狗、王狗狗，他向鸣又凭什么责怪。

回到家，向鸣倒头便睡，一觉睡到次日中午。

他软绵绵晃荡到屋外，王赛文正头顶豌豆苗，在阳台修剪吊兰，背对着向鸣问，都查到什么了？

向鸣好不尴尬。

王赛文接着说，你以前不这样。不过你这样倒可爱，说明你在乎。但是你表现得过于颓废了，其实没什么大不了。你蛮聪明，要打听姓李的故意不问男先问女，问李晶晶，再兜着圈儿问姓李的都有谁。我不明白，姓李的到底哪样得罪了你？还是哪样我做得不端让你疑心？我夜不归宿？稻壳生得不像你？

在这连珠炮似的发问里，向鸣晕晕乎乎，偏偏只逮到最后一句：稻壳生的不像你。

向鸣脑海里白纱翻卷，啪！又放下。

不像你。不像……他娘的！

不。稻壳……稻壳。

不，不能。向鸣激灵灵打了个寒战。他知道这想法太离谱，也太恐怖。

可是，他向鸣黑，稻壳白，可以说随他妈，也可以说，不随他爸。

向鸣的脑海里响起炸雷，继而下起瓢泼大雨。

稻壳正上初二，紧赶着抽条长个，已经跟向鸣一般高了。

稻壳喜欢跟向鸣对着干。

有一年刚过完年，稻壳嚷着头痒要理发。隔壁陈阿姨说，正月不兴理发，正月理发死爸爸！结果第二天稻壳就顶着光瓢进了家。向鸣虽不迷信，但稻壳的行为还是伤了他的心，整整一个星期，他都没理儿子，做好饭，也没儿子的碗筷。自此，父子结了梁子，磕磕绊绊到如今，稻壳已经十四了。王赛文私下对向鸣说，你再不主动，儿子会跟你拧巴一辈子。向鸣想想也是，青春期小孩都叛逆，自己得主动。谁知他几次示好，人稻壳都不买账，还背着他对王赛文说，讨厌爸爸小家子气。

你听听，他当他是老子吗？

他是他老子吗？

向鸣想想稻壳，又想想李狗狗，想得脑仁疼。那就是一个冰冷的旋涡，他越想越憋屈，越想越麻缠，又宛如陷入沼泽，徒劳挣扎，却无力拔脱。回回半夜醒来面对窗外的冷月，向鸣心律失常，吃异搏定都不管用。白天还大脑短路，正跟人说着话，说着说着就忘说哪儿了，半天才缓过劲。向鸣学医，知道自己濒临崩溃，再这样下去很危险，必须当机立断从泥淖中走出来。可脑子里那根筋就是不听使唤，他不让自己想，他偏偏就是想，两个小人在脑子里打仗，折磨得他无可奈何，李狗狗盘旋其中，就是不走。

又到周末，稻壳如期返家。王赛文新换了蓝白格子沙发罩，稻壳手拿遥控器，窝沙发上来来回回换台。

向鸣烦躁，吼了一嗓子，别换了！

稻壳还是换台。

稻壳一到家就跟王赛文说个没完，正说着，见向鸣从厨房出来，立马哑了。本来向鸣是听见稻壳说班里成立了QQ群，班主任要加进去，群主吓得要解散什么的。他过来是想加入讨论，套套近乎，哪承想儿子一见他就闭嘴，让他好不恼火。

饭桌上，王赛文轮番替爷儿俩夹菜，说话赔着小心。

向鸣却只听见自己脑门突突响。有儿子这样对亲爸的吗？对后爸也不能啊。

稻壳吃完抹嘴离开，就在他转身的瞬间，向鸣惊心动魄地看到他后脑勺上的仨旋。这仨旋，打小就是邻里议论的焦点，说一个旋好俩旋坏，仨旋长大打妖怪，意思是孩子有本事。每每大家说笑，向鸣也跟着乐，对儿子长大打妖怪的本事深信不疑，还从没像现在这样硌硬过。想想他们向氏家族，俩旋的都没出过，更不用说仨，他们都是规规矩矩的老实孩子。

李狗狗。向鸣仿佛又钻进怪圈，粘住这个名字甩不掉。一下，两下，他挣不开。挣不开不挣，罢了，一不做二不休，干脆彻底给自己一个交代，看看这仨旋的混账东西，是从哪儿蹦出来的。主意已定，凌乱的向鸣又吼一嗓子，你给我站住！

稻壳站住，转身看着父亲，目光挑衅。

向鸣拿起稻壳的手。他要看看他的月牙板，他知道他仨旋，却没注意过他的月牙板。向氏家族，三代人都没有月牙板。

稻壳却拨开他的手说，干吗？看手相？真是闲得没事，我可没你有福气，我还得写作业呢！

稻壳的话，残忍地抽去了向鸣身体里的最后一根支柱。他哆哆嗦嗦，第一次朝儿子举起了巴掌。

王赛文堵到儿子与他中间，说，你不能打我儿子！

你儿子，你儿子……好！向鸣说，我要……我要做亲子鉴定！他吼出这句话，整个人便像过度加热胀破的鱼鳔，一下子爆裂了，在地上瘫软一片。

迷糊之中，他听到自己的声音震得窗玻璃簌簌发抖。他看到稻壳刚挂上绒毛的嘴角剧烈抽搐，年轻的黑瞳蒙上泪雾。他看到窗外橘色的阳光照着王赛文，那漂亮得不可一世的女人，此刻，正面对稻壳的疑问垂下眼帘，低下倨傲的头颅。太痛快！

向鸣有一种报复后的快感，对，干脆利落快刀杀人，横竖就是个结果，是黑是白他都认了。亲子鉴定，向鸣在长期的困顿萎靡中终于找到了突破口。他长长舒口闷气，抖抖衣服站起来，站到王赛文面前，又说一遍，我要做亲子鉴定。

惊恐的王赛文迅速矮了下去。

王赛文手拿纸条，走进大禹心理咨询诊所。

我是王赛文，向鸣家属。

我知道，吴副院长说过。

他说你可以治心理病。

你让他来，我跟他聊聊，得先确定他有病。

他每天忙着做亲子鉴定，不肯来。

吴副院长说，他之前提过灵魂超度，怕他有意外。

是的，吴副院长把你的电话抄给了我。王赛文掉下眼泪说，他以前不这样，现在已经影响到了孩子，我不能眼看他往火坑跳，还带着儿子。你一定想办法治好他。

正说着话，向鸣忽然从门外走了进来。向鸣已经快一个月没理发刮胡子了，此刻的他，哪里还有医生的影子，倒更像个艺术家，或者流浪汉。王赛文看见向鸣的头在剧烈摇晃，他摇晃着头说，你们说我有神经病，嗯？接下来，是不是要强制送精神病院了？他转向王赛文，一字一字咬着说，李狗狗要认亲了？

王赛文恍若梦游，问，谁是李狗狗？

好，继续装。向鸣从口袋里掏出烟。

你什么时候开始抽烟的？

管得着吗？我告诉你，亲子鉴定出来，我要离婚！向鸣用力吐口痰，走了出去。

王赛文绝望地看着医生说，他真的疯了。我该怎么办？

顺着他，让他去鉴定。大脑里的洪水只能畅引，不能堵塞。

向鸣趁稻壳睡熟之际，拔了稻壳五根头发。

屋外小雨滴滴答答，到处湿凉冰冷，灰蒙一片。向鸣穿上大衣，系上围巾，还找出了皮手套。出门那一刹，他分外留恋地回头，看着客厅：茶几上放着他的书，沙发上是王赛文的手提包，墙角是稻壳的篮球，还有"橘子庄园"里的橘子。一切是那么熟悉，熟悉到骨头里渗出泪。或许，当下一次他再跨进家门，彼此已成陌路。

向鸣发了会儿呆，撑起伞，决绝而出。

雨下大了。地面上到处是金属色反光，硕大的雨滴打在伞上，啪啪作响，如天上下栗子。向鸣拦了辆的士，赶到鉴定中心，居然有不少人。他们或坐或站，成双成对，让人一眼看出他们的关系，只有向鸣单枪匹马。其中有对男女衣着考究，举止优雅，不像本地人，男子梳着大背头，女人穿着米色毛领大衣。向鸣合起伞，挨着他们身后坐。

没有人说话，灰湿的空气失落而又紧张，如孩子手中玩旧的气球，随时都会炸裂。他们手中拿着纸袋或小盒子，不用说，里面装着指甲、头发或者口腔黏膜。他们盼望这些身体发肤能替他们完证些什么，而"什么"，足以改变每个人的命运。当然也有例外，比如那对"红色情侣装"，人家拿的是大手袋，里面装着身份证、户口本，是要办亲子鉴定、上户口。

等待是难挨的。轮到向鸣，他坐得双脚麻木，几乎站不起来。手续却简单，填张表，头发递进去，两分钟完事。

样本送出，向鸣也安稳了。他不再躁狂，踏踏实实等了七天。

第七天，天气晴好，让人怀疑是不是真的在冬天。不知不觉，"橘子庄园"的疯癫已是一个月前的事了，李狗狗也搅和了他一整月，闹得他寝食难安，五脏俱焚。带回的橘子都烂了，立冬节气都过了，树叶都黄了落了，树上的枝丫光秃秃的。光了好哇，光了就再没有牵挂。向鸣见到上回的"米色毛领女人"，奇怪的是，男主角却换了，不见了"大背头"，多了俩"侧分"。通过女人与工作人员的对话，向鸣听出，她昨天已取过结果，今儿是来送新样本的，一共四份。向鸣大大纳罕，两个男人一左一右立在女人两边，居然能保持平静。合着她是给儿子找爹的，自己都没弄明白谁是孩儿他爹吗，一找还找仨？这天下，居然还有比他向鸣更糟的。当今世界，没法活人了。

一刻钟后，向鸣展开自己的鉴定结果，看到七个大字：亲权鉴定报告书。第二行、第三行分别写着委托日期、检验材料、中心条码、头发什么的，向鸣飞快地扫一眼，直接把目光跳到最后，检验结论：根据 DNA（脱氧核糖核酸）遗传标记分型结果，支持向鸣为向稻壳的生物学父亲。

支持向鸣为向稻壳的生物学父亲。向鸣把那最后一行字一个一个数着，念着，宝贝似的念了三遍。有几秒钟，他的大脑是透明的，仿佛糨糊里插了透气孔，再有几秒钟他才回过神，觉出了欢喜。

是。他是我儿子哎，他是。哈！多么高明的科学家。"生物学父亲"，这词儿定得真他妈精准，那是任何外界都改变不了的事实！

向鸣情态激昂，准备打道回府。就在这时，他看到一位白发老人牵着一个少妇迎面走来，少妇怀里还抱着个娃娃，难免拉拉扯扯。接下来，该会有好戏上演。向鸣停下了脚步。

他重新坐下来，坐下看人、看树、看世界，等到十分钟后，白发老人也拿到了鉴定结果。

老人戴上老花镜，摩挲着报告内容，眉梢眼角渐渐挂上喜色，甚至还像年轻人那样，为少妇擦掉了眼泪。少妇却怒气冲冲，一把将孩子塞到他怀里，扬长而去。老人匆忙抱着孩子尾随。

向鸣看出老人的惊喜是真，也看出少妇的恼怒一半是佯装。他很受打击，重新审视手里的鉴定结果。向鸣连带对鉴定中心也起了疑心：年迈七十啊，这不是欺诈是什么？

向鸣亲自给稻壳洗了头，还做了一桌子稻壳爱吃的菜。稻壳叫了声爸，叫得向鸣有点晕，不是之前糨糊般恼怒的晕，是掺杂着小幸福、小愧疚的那种晕，他差点说出实情。

只是这回，向鸣拔的头发有点多，他把稻壳弄醒了。稻壳看着床旁的父亲，一句话没说，他看着向鸣攥着自己的头发，慢慢踱出去。随后，稻壳抱着枕头去了母亲房间。自从上初中，稻壳添了新毛病，睡觉离不开自己的枕头，否则就失眠。无论到哪儿，他都抱着那个几何图案的枕头，上学住校抱着去，周末再抱着回。这么抱来抱去，实在麻烦，王赛文说过两次，但稻壳离了那枕头确实难受，回回把房间的灯折腾大半夜。后来，她就由着他了。

稻壳出现在王赛文房间的时候，把王赛文吓一跳。这么半大小子，若不是有事，断不会找娘睡。儿子就算活到老，也都还是娘亲的儿子。

王赛文把几何枕头拍拍放好说，来，睡下吧。

稻壳咧嘴哭了，他哭着说，我爸真的要做亲子鉴定……我是他亲生的吗？如果不是，我亲爸在哪儿？妈，你别骗我。

王赛文心里搅成酸菜疙瘩，搂着儿子好一阵安抚，才将他哄睡。

那些头发，第二天就被分成三份，寄送给了三个大城市的鉴定中心。之前，向鸣做足了 DNA 鉴定的功课，如何采样、寄送，哪家鉴定准确，心里门清。

王赛文近期天天加班，说药房盘点，实则是家里的温度冷得让她坐不住。

三份鉴定结果随着冬天的第一场大雪飘然而至。加上前一份，向鸣捧着四份鉴定结果，结果如出一辙。他一把火将四份结果全烧了。

这天刚好冬至，向鸣准备了羊肉火锅。稻壳和王赛文都喜欢吃羊肉。宽粉、小白菜、鱼丸、羊肉、菠菜、冻豆腐、藕片、蒜苗、油面筋，再加上蒜泥、香菜、芝麻酱，小碟瓷碗一溜排开，齐了。向鸣神清气爽，心里从未有过的轻松。他看看表，刚五点，稻壳还没放学。

他拉着王赛文坐下说，咱先喝两杯。

还是"橘子庄园"那天的解百纳。向鸣举起酒杯说，文儿，我跟你赔礼，都是我混蛋。一仰脖，向鸣干了。

这第二杯，我谢谢你能嫁给我这样的人，还生了那么好的儿子。一仰脖，他又干了。

王赛文撇撇嘴说，德行！你这哪是喝红酒呀，红酒只能品，不能灌。鉴定结果都出来了？

你，咋都知道？

稻壳告诉我的，你偷着拔他头发，孩子有自尊心。今天稻壳就放寒假了，你是父亲，别闹腾了。不管发生什么事，咱这家不能散了。我知道你心情不好，不怪你，但如果伤害了孩子，你自个忍心吗？

　　我混蛋，我混蛋。向鸣绞碎五脏六腑，拿来下酒，一杯又一杯地灌。一瓶喝完，又开一瓶。王赛文怎么都拦不住，索性陪他一起喝。这么久，他们终于把压在家里的巨钟推翻了。

　　乒乒乓乓，他们喝了很多酒。火锅一次次加汤，羊肉烂了，鱼丸宽粉也焖了，他们谁都没有动筷。

　　那晚，他们只喝酒，喝红酒。他们等稻壳，到最后，都等醉了。

　　向鸣大着舌头问王赛文，文儿，"橘子庄园"那天，你醉了，咱和谁在一起来着？我咋不记得了，有没有姓李的？

　　王赛文说，有哇，李石嘛！然后掰着指头告诉他都有谁谁谁，一共十个！

　　向鸣蓦地一激灵，酒醒了大半，又问，李石？她爱人在土地局那个？

　　王赛文嘟起嘴，是啊……不然还哪个？

　　你跟她好吗？

　　她爱开玩笑，跟谁都好。

　　她是不是，有个外号叫李狗狗？

　　没有！五十多岁的人了再开玩笑……也不能那样。哦，有一回，我好像……听她爱人叫她李狗狗，当时，还挺羡慕他们夫妻关系。王赛文傻傻地笑了一阵，然后，斜眼看着向鸣问，怎么了？

向鸣半天没说话，突然爆发出一阵大笑。那笑声无比狂放，如山洪暴发，震得王赛文耳根发麻。她从未见他这样笑过。王赛文的酒也醒了，她站起来，一步步往后退。

向鸣止住笑，正色说，文儿，别怕，我没疯。他伸出手说，来，过来，文儿，今后我就叫李狗狗，你再抱我、亲我的时候，就叫我李狗狗，好不好？

王赛文还是害怕，心想中医说喜伤心，他前阵子抑郁，这回，莫不是被亲子鉴定结果刺激，蒙蔽了心窍？

她想离开，去找那张纸条。

向鸣却拉着她，仰面向后倒向沙发。

向鸣累了，他想搂着她好好睡一觉。王赛文却发现他哭了。

睡去前，向鸣含含糊糊地说，文儿，你知道吗，我现在，发现一个更大的问题，不做亲子鉴定了，也不用找什么李狗狗了，以后我做什么？一个大男人我做什么……还得靠你养活……他挥挥手臂，结结实实跌入梦乡。所有的烦恼、神伤，都离他而去了。

王赛文把向鸣的头放在自己腿上，柔声说，我养你怎么了？男女早就平等了。

向鸣在梦中咯咯吱吱磨牙。

窗外大雪纷飞。

他们好长时间没这么温存了。

他们在沙发上坐了很长时间，稻壳还没有回来。

稻壳一直没有回来。

他们打了很多电话，跑了很多街道，包括学校，却一点消息都没有。

这可把夫妻俩掏空了。刚刚离去的黑钟，重新压在他们头顶。天更冷了，连下两场雪，屋檐挂着长长的冰溜子，能把人心戳个窟窿。

后来某一天，王赛文发现那个几何图形的枕头不见了。他们不知道枕头跟着主人去了哪儿。他们更不会知道，远在千里之外的南方，彤城菊花展正举办得热火朝天。黄、白、黑、绿、紫，各色菊花摆成了各种造型。有个年轻的模特，木然站于花丛，脸涂金粉，头束金冠，身着金色汉服，手里捧着微微弯曲的竹简。游玩的人们起初以为是雕像，后来发现模特眼珠会动，方惊觉活人假扮，爆发出阵阵笑声。有人也会抛下几枚硬币，撞击竹简，发出叮叮微弱声响。脸涂金粉的模特却面无表情，就那么木然站立，任游人观赏。

原载《广西文学》2016 年第 3 期

太极

1

我常常在夏天的傍晚，看到父亲举着他四季的衣服，从黄澄澄的麦浪中穿过。密密麻麻的燕子在他头顶盘旋飞舞，唧唧鸣叫，仿佛黑色碎片组成的旋涡，随时要把人吸进去。那是父亲返家的场景。

父亲是牧羊村响当当的人物，第一个大学生，第一个戴眼镜，第一个打太极，第一个写毛笔字，也是第一位开诊所的赤脚医生。乡下医生可以不穿白大褂，但父亲穿。父亲的"白大褂"是本色棉麻太极服，荷叶领，双盘扣，寥寥印着几枝墨竹。清瘦的父亲穿着它，不像赤脚医生，倒像茶馆里的师傅。

父亲打太极是牧羊村一景。最辉煌那天恰好逢双（乡下按农历双数开集），赶集的乡亲们经过牧羊村打麦场，纷纷停下脚步看父亲打太极，足足聚集百十号人。父亲身着宽大的麻衣，忽而如云化羽，忽而似轮转珠，简直神仙一样。

就是这样一位顶尖人物，却娶了牧羊村最邋遢的女人。

说起我母亲李桃园，那是原始荒山一样的妇人。她最大的爱好就是抠头皮，走路抠、看场抠、喂猪抠、锄地抠，连睡觉都要抠头皮。她常常撑起五指，旁若无人地嚓嚓抠上一阵，抠得龇牙咧嘴，青筋暴露，然后砰的一声，掸出指甲里的污垢。我们家桌上、床上、沙发上、我的作业本上，到处都是她的头皮屑。

父亲对她的邋遢忍无可忍，多次劝说无效，最终萝卜一样长在诊所。饭是奶奶做，母亲送，十回有八回她不知道洗手。父亲每每看见她的黑指甲，镜片后的目光就弹出两道戒尺，啪啪打在她身上。

奶奶说，是母亲逼走了父亲。我一百个不信。

母亲怕父亲。只要父亲在场，她就无法畅快抠头皮，无法呼呼噜噜喝面汤，更无法男人似的哈哈大笑。经年累月，我见惯了大脚母亲如何在父亲面前扮演小脚奴婢。有一回，奶奶做了茯苓糕，母亲颤颤地端到诊所。父亲看见她的手，镜片后照例弹出两道戒尺，啪啪打在她身上，顿了顿，唰地又收回去，接着给病人号脉。

二毛，先停……停停，一会儿凉了……粗声大嗓的母亲，话都吐不利索了。

父亲不吃，她不走。父亲号完脉，撩起衣袖提笔写药方，说，你先回。

她盯着父亲光亮的额头，撑着就是不动，大黑个子塞得小诊所满满当当。

二毛，赶紧吃吧，香得很哩。

二毛，先尝尝呗！

二毛……

她叫得父亲终于发火，将她赶出门去，她这才闭嘴。最后的情形往往是这样：父亲自顾忙了一下午，母亲在门口也杵了一下午；父亲收摊子洗手锁门，母亲端着碗，照例黑指甲抠进碗边，跟着一起回。这样的僵持，你看不出哪个胜了，哪个又败了。

就这情形，如果父亲不走，就凭她李桃园，能逼走父亲？

父亲走后李桃园越发邋遢，某天午后，甚至糊里糊涂穿了平底、坡跟两只鞋，去井台打水。半道被邻居盯紧，问她是不是苏百草又琢磨出了怪方，这样穿鞋治跛脚？母亲低头看脚，随即哈哈大笑，一边笑一边继续往前走，说，奶奶个熊！没看清，缸里没水摸双鞋就套上了，哈哈哈！随着宽大的臀部摆动，她肩上的扁担吱呀乱叫。"乱鞋逸事"就像小蠓虫，迅速飞遍了牧羊村角角落落，成为乡亲们茶余饭后的"开心果"。很多年后，仍有人将此事作为反面教材，来警醒新媳妇。

谁也没想到，就是这样一位神经大条的邋遢女，安装了牧羊村第一部私人电话。我母亲李桃园，她下决心要用电话线把父亲捞回来。

除了奶奶红口白牙说空话，没人知道父亲为什么出走。

我目睹了两个女人为一个男人而展开的战争。奶奶满肚子怨言攒成炮弹，朝着母亲发射，怪母亲弄丢了她唯一的儿子。而李桃园，先前的唯唯诺诺早见了鬼，汉子似的叉腰站在院里，跟奶奶对仗。两个女人你来我往，五马长枪，在我这晚辈眼皮子底下扑腾得没有边沿。整一个月，我都是在吵骂声中度过的。尤其是母亲，膀大腰圆，胸腔开阔，吼叫起来简直就是打闷雷。每遇她们干架，邻居围拢看热闹，我都恨不能变成甲壳虫，钻进地窖。

直到有一天，奶奶发现母亲又有了身孕。她藏起了钉耙、锄头、水桶、扁担，再不让母亲干农活，仗着父亲留下的家底，地，就让它荒着。每日晨起，奶奶拉开炉门，打碗荷包蛋，端五个韭菜粉条包子，殷勤地给母亲送去。母亲吧唧吧唧嘴吃着，弄得屋里屋外到处包子味。李桃园打小在地里摸爬滚打，不让干活她不习惯，急得抓耳挠腮，身上着了火似的，更要抠头皮。

母亲曾去荣城找过两次父亲，都无功而返。父亲出了村，就像荷叶上的一滴水，滚出荷叶边就没了影。安装电话以后，奶奶通过村主任，从荣城医药公司打听到了父亲所在的药铺。母亲捂着烟盒上的电话号码，像捂着一只蚱蜢，谁都不给看。奶奶立马表示，要去把父亲捉回来。我恨恨地想，自打他走后，我们担了多少惊，受了多少怕，一听说哪哪死了人，奶奶和母亲就争相往外跑。我不吃不喝，就在家里等，生怕哪一时她们带回坏消息。而他呢，就这么在外边找了家药店，彻底把我们给忘了。再怎么着我也是他亲生女儿，再怎么着母亲也跟了他十几年，一口茶一双袜，仆人似的伺候他，他怎么就石头一样撼不动呢！

他回来也不再是我爸！我喊了出来。

豆蔻，反了你！母亲骂着，竟面露喜色。我终于明白，什么叫"哀其不幸，怒其不争"。

村主任说，二毛一声不吭走了，是铁了心不叫你们找，就算冒冒失失找过去，他也不回来，不如先给他打电话，探探口气再说。

母亲一听，有道理，展开烟盒对着拨号。结果电话一通她就嚷，那边就挂。打了数十遍，她愣没听到对方一句话。

奶奶个熊，号错啦？

奶奶摇摇蒲扇说，我来。

奶奶只打了一遍，就成了，她说，百草啊，桃园怀了儿子，你快回来吧，啊，金窝银窝不胜自个的土窝。

奶奶挂了电话发呓挣，我们谁也不知道，那边父亲怎么说的。

就在奶奶第五十一次发呓挣的当口，母亲不知从哪儿搬出一堆瓶瓶罐罐，挺着尚未鼓起的肚子，攥着电话喊了一嗓子，苏二毛我日你娘！

　　我不由对她刮目相看。然而，随着这声喊，母亲脸上的愤怒瞬间凝固。我就知道，那边又挂了电话。苏二毛早改名苏百草，她还嚷嚷苏二毛，他能待见吗？

　　母亲又打，说，明儿端午，苏二毛你回不回转？你不回转？母亲喊着话，随即一愣怔，她看着奶奶说，女人接的电话哩……母亲两条粗黑的眉毛挑了压，压了挑，终于疙疙瘩瘩扭在一起。

　　苏二毛天打雷劈！苏二毛你回不回转？你再不回转，我砸了你的药罐子！母亲对着电话咬牙跺脚，憋得黑脸乌紫透青。

　　她举着电话数数，一！二！三！啪！一个青花药罐在桌上磕成了碎片。

　　母亲在奶奶的叫骂声中接连磕了五个药罐，浓郁的药草酸味弥漫了整个房间。她脱掉四十码的鞋，蹬开两条腿，撇着两只大脚坐地上，谁都拉不起来。

　　天色渐晚，蚊虫都上来了，奶奶抱来枕头，硬塞到母亲屁股底下，一边塞一边骂，你个傻媳妇自个不要命了，冰着我孙子可不中！

　　大块头母亲坐枕头上，不再骂苏二毛，也不再骂奶奶个熊，她在发抖。我偎过去，发觉发抖的是自己。

　　我陪着她坐到天黑。母亲的大块头与夜色融为一体，轻透得都不像她了。不像母亲的母亲，在黑暗中喃喃自语。

　　养条狗俺也该喂熟了。

一只猫，俺对它好，它也该往怀里偎人儿了。

他那心咋恁硬，是啥托生哩？

豆蔻，要是俺跟你爸分开了，你跟谁哩？

我说不出话。

不，不能分哩。豆蔻，你说，俺是欠他啥了？

我拍死胳膊上一只蚊子，说，他是石头。咱不难过，我喜欢听你哈哈笑。

俺哈哈笑，奶奶个熊，俺不笑能有啥法，天天哭？都约莫着俺傻，俺要不傻，早拿根绳吊门后了。

养条狗，俺也该喂熟了。

一只猫，俺对它好……

这样的车轱辘话，母亲磨了一宿。

2

不得不说，那五个青花药罐摔得威武，第二天，父亲就举着四季的衣服，踏着黄澄澄的麦浪出现在牧羊村。

母亲摔的哪是药罐，那就是父亲的"命根"。父亲在床上躺了整整七天。母亲守着父亲，也守了七天，守得脚都肿了，父亲都没瞭她一眼。她习惯性地敛了张狂，重新做回小脚的奴婢。他们谁都没提电话，和电话里那个女人。

父亲躺床上，不吃不喝不动，直到第三天，父亲虚弱地说了一句话，你们，非逼着我回来，我回来了。我还是要走的。

母亲守着他，一遍遍端饭、热饭、撤饭，气得跺了左脚跺右脚，也没把父亲跺起来。他望着梁上结网的蜘蛛，目光虚无。在他眼里，除了那只忙碌的蜘蛛，母亲、奶奶和我都成了空气。

第四天父亲开始咳嗽，痰带血丝。他咳着，又说，你们拴不住我……

他还是不喝一口水。我突然很茫然。早熟的我开始思索他们的婚姻。父亲怎么就甘心娶了李桃园，遭绑架、被胁迫？那么，在母亲背后替她"行凶"的人又是谁呢？既然婚都结了，他为什么还要舍命抗争？

晚上吹灭油灯以后，我缠着奶奶讲古。奶奶当然不止讲古，还讲我爷爷，讲他们年轻的时候，再掺着讲讲苏百草、李桃园。几个夜晚下来，真相犹如茧丝，一点一点从奶奶嘴里抽了出来。

合着那苏百草果真是从小被爷爷惯起。爷爷抽大烟，四十三岁老来得子，苏百草从小到大不沾家务，不干农活，就一门心思读书，年年领奖状，最终一举考上医科大。可惜家早被爷爷抽败了，最后爷爷找到我姥爷，才筹来父亲的学费，也顺便造就了这桩婚姻。父亲大学毕业后，爷爷已不在人世，姥爷怕父亲分城里野了心，想方设法找人打报告，要他回乡。父亲本来要分去大医院，硬是被一纸报告要回乡卫生所。回卫生所姥爷还不放心，因为那儿的护士比较有姿色，他又继续往回拉，出资为父亲开了牧羊村第一家诊所。

提起姥爷，奶奶的声音高八度，说着说着就骂，骂完又叹，人呐，得讲良心，你说两家定了亲，人家供咱上了大学，还能反悔？不能！可苦了我的儿哦。

"我不杀伯仁，伯仁却因我而死。"父亲一生好前途，就这样毁在了母亲手上。父亲有气，母亲有愧，她站着也比他坐着低八度。反过来说，父亲满腹学问，够雅也够笨，肩不能挑手不能提，单单一个吊桶打水，教无数遍就是学不会。这唐僧样的人，在农村能活吗？他也只有依仗大个子母亲，离了她他连水都喝不上。

我明白了这些，再看父亲，心里的刺便摘去几分。他躺在床上没戴眼镜，眉骨高耸，眼球突出，宽大的额头也不再光亮。

父亲的喉头不时上下蠕动着，我看出同时滚动的还有两个字，"离婚"。

他越咳越厉害，似乎要把肺片咳出来。耳濡目染，痰带血丝，我们晓得是肺病。

母亲不知在哪儿打听出，月经治男人肺病，回来就拉着奶奶到处找月经。她怀孕，奶奶年龄大了，找别人还得知根知底保健康，忙活老半天，也没个结果。最后，奶奶让我去虎岗坡采鱼腥草试试。

回到家，我见母亲端着碗，垂首站在父亲床边，碗里是半碗血。

奶奶劝父亲，起来喝了吧。

我问，谁的血？

奶奶说，你妈的！

母亲乌黑的指甲照例抠进碗边，我看到她左腕缠着纱布，殷红的血透过纱布，一点一点往外渗。是啊，父亲那么干净，哪个女人的经血喝了不恶心？她居然割了腕脉。她以为，同是女人血，可以拿来治病。我的傻母亲，她知道号脉的部位，但是不知道，那会要了她的命。

父亲终于起来了，眼睛布满血丝，样子有些怕人。他直直地看着母亲，摇摇欲坠。我和奶奶赶紧扶着他。母亲又把碗往前递，却被他用头顶翻。血流一地。

父亲望着母亲，那痛与恨交织的眼神，我至今难忘。

他撑着床沿，弓着腰，缩着肩膀啜泣。那不是我的父亲，那是对命运俯首称臣的败将。

过了好一会儿他才说，蔻儿，端水洗手。

我打来半盆清水，递上白毛巾。父亲的毛巾，一条纯白，一条雅黄，白的洗脸，黄的擦汗，不能拿错。

他用白毛巾擦过手，戴上眼镜，给母亲缝合伤口。自始至终，母亲没有叫一声，她捏着手腕笑。

奶奶长长叹了口气，转身去鸡笼掏鸡。我们分吃了一只瘸腿的鸡。

母亲像举着旗帜一样擎着裹纱布的手，吧唧吧唧嘴，吃得无比开心，脚边积了一堆鸡骨头。

父亲放下碗，看了看那堆骨头说，蔻儿，拿把笤帚扫起来，别摔了。那是他第一次表达对母亲的关心。

母亲怔了怔，咧开大嘴，吃得更欢。

第八天，父亲喝了我依他的方熬的药，说，躺得肉疼，要去麦场打太极。母亲扯了白毛巾，屁颠屁颠要跟。父亲镜片后两道"戒尺"掸了掸，到底没抽出来，柔声说，你在家帮忙做饭。

一个钟头过去了。两个钟头过去了。父亲没有回来。母亲擎着裹纱布的手要去找。奶奶说，豆蔻，你去。

我抓着黄毛巾，径直往麦场跑，一边跑一边想，父亲八成又走了，他又不要我们了。一口气跑到偌大的麦场，父亲身着麻衣，正在红彤彤的晚晴中打太极。回旋。起落。老槐茂密的树冠笼罩在他的头顶，犹如某部电影的结尾。

我怀着忐忑，叫了声爸——

父亲一招"抱虎归山"，立身收了场。他缓缓抬起手，放到我头上，抚着我的短发说，蔻儿，你不该来到这世上。

我许久才明白，他是心疼我被母亲剪得狗啃一样的短发。已经开始发育的我，总是穿着大一码的衣服，打着皱巴巴的补丁，顶着锅盖头去上学。在学校，我从未真正昂起过头。我一直坚持用香皂洗脸，用断齿的梳子梳头，发型再不好，发丝一定要整洁。这一点，无论如何也要随父亲。

我那么拼了命地追随父亲，父亲还是走了。

临行前一天，他交给我一个红布包说，给弟。

是一个银锁。

这一回，不管奶奶骂还是母亲砸，都没能绊住他的脚步。

母亲不再擎着裹纱布的手。那道伤早结了疤，她拆掉纱布，不顾奶奶阻拦，田间地头劳作，加上身孕，她的静脉曲张日益严重，无数条小蛇顺小腿蜿蜒往上，有些地方开始紫乌坏死。那时还没有专治静脉曲张的弹力袜。回想跟父亲学的一鳞半爪，我查找医书，对症应用"活血散瘀汤"，照方抓了药，却不敢给母亲喝。我煎了水让她泡脚，洗浴。然而，那终究是一场失败的试验。我劝她手术，她却说，要等父亲看过。

3

村里渐渐有了关于父亲的传言。有人见到他在荣城开的百草堂，说他又有了女人，还养了孩子。他终是彻底抛弃了我们。

他又有了孩子，那我呢？我也在想，能配上父亲的，该是多么惊艳的女人。我无数遍想象她的样子：她是干净的，她的干净在父亲眼里是香的；如同在我眼里，父亲的麻衫就是香的；她铁定秀美，长发披肩，顶扎缎带，白衫蓝裙，手捧书卷陪着父亲琉璃灯下拨算珠……

父亲从荣城寄回的包裹，一条靛蓝暗花棉头巾，一把杭州丝绸小红伞，还有一本《围城》。头巾是奶奶的，书是我的，小红伞，奶奶看了我一眼说，给桃园。母亲接过小红伞，擎着在院里走来走去，像一只欢喜的笨猫。红色的阳光打在她身上，她的脸不再粗糙。我和奶奶互望一眼，心照不宣地微笑。末了，母亲慷慨地把伞塞给我说，老好看的伞，给你玩，别撑坏喽！

我在老槐树上撑起伞，丝绸透明的红倾泻在书本上。我看着那抹红，读着读着就哭了。仿佛受委屈的不是方鸿渐、孙柔嘉，而是我的父亲母亲，是我，豆蔻。

牧羊村西边是连成片的馒头坟。我的目光跳过书页，跳过胡麻地，与牧羊村的魂灵对话。想必生前他们也跟我的父母一样，吵吵嚷嚷，打打闹闹，却坚守纠缠了一辈子。世上肯定还有牧牛村，牧马村，有成千上万的"苏百草""李桃园"们，也在日日吵骂、和解，逃离与回归。

我坐在老槐树上想方鸿渐、孙柔嘉，想苏百草、李桃园，想无数的父老乡亲，想我自己。六月的风鼓荡着麦子的香，贴着裸露的肌肤肆意流淌，金黄的麦穗铺展开来，绵延数十里，犹如悲壮的战场。我定定望着远方，期盼看到父亲，举着他四季的衣服，从黄澄澄的麦浪中穿过。

父亲一直没有回来。

在我的青春伤感中，母亲的肚子越来越大。奶奶依据她肚皮上的花纹，走路扭摆的姿势，再次认定，将要降临苏家的，是个臭小子。

4

弟降生那年冬天，牧羊村闹蛤蟆灾，房前屋后，村道麦场，到处是蛤蟆。它们以空前绝后的气势，一举占领了牧羊村。蛤蟆撑着细爪子，鼓着眼珠子，与村民对峙。我闹不明白，这些蛤蟆不冬眠，从地底下钻出来干什么，它们吃什么。

我们很快迎来了大规模蛤蟆迁徙。那一日，全体村民齐聚打麦场，观看百年难遇的奇迹：成千上万只蛤蟆在一只碗口大的老蛤蟆带领下，排着队，由南往北走得有条不紊。它们不跳，一前一后错着爪子，走，除了沙沙沙的脚爪摩擦声，听不到一只蛤蟆叫。它们犹如训练有素的部队，乌泱泱覆盖了村道。

蛤蟆队过后，牧羊村再不见蛤蟆，仿佛有只大手将它们齐刷刷抹去，只有无处不在的腥臭和黏液，证实它们确实来过。

奶奶说，灾难面前动物远比人精明，猫狗狂跳、鸡鸭不归、河水翻滚、蛇鼠逃难，都是地震前兆。

我心里打了个激灵说，奶，咱逃难吧，就朝蛤蟆走的方向。

你妈坐月子，弟还没满月，大冷的天他们哪儿经得起。

母亲从床上蹦下来说，赶紧叫二毛回呀，城里楼高，塌了跑不掉哩!

奶奶说,豆蔻,给你爹打电话。

我打了三次电话都没人接,第四次,是个女人。我不知道怎么说。

奶奶拽过电话说,苏百草,我给你讲,要地震了,你不要亲娘亲闺女我不怪你,你要是震死了,到那边我不饶你!说完,奶奶挂了电话。

母亲说,你咋不叫他回哩,嗯?咋不叫他回哩!

我没好气,不是苏百草。

奶奶说,就是叫她带话。

母亲跺一下左脚,又跺一下右脚。

我们一人占个屋角,在惶恐中度过了三天。

李桃园再按捺不住,把弟交给我要去找苏二毛。

奶奶说,你拖着月身子往哪儿跑?又不识字,那么大荣城往哪儿找?我去,看不把他个鳖孙带回来。

奶奶也不识字。于是我说,奶,我认字多。

母亲不知从哪儿翻出一个塑胶工人帽,正顶一块枣大的烧疤。她用袖子擦了擦,露出暗红。

母亲把塑胶帽递给我说,给你爹哈。

我赌气说,放心吧,连我都不戴!

搭乘本村送石灰的驴车,我上了路。

临近中午才到荣城,捏着纸条,我终于见到那个百般想象的女人。可惜她没有穿白衫,也不是披肩发,更没有手捧书卷陪父亲拨算珠。那个穿貂儿的女人靠窗打电话，手里夹着烟，染着红艳艳的指甲。透过淡紫色的烟雾，我替父亲委屈。

我蹲下身，把红色塑胶帽放地板上，转身走了出去。

冬天的太阳寡淡得让人沮丧，天与地、灰与白渐渐融合模糊，汇聚成海。牧羊村就是海上的一只木舟，空落落地漂。

母亲抱着弟坐在床沿发呆。

我说，他又找了一个。

俺知道。

为什么不离婚？

母亲吃惊地瞪了眼睛说，豆蔻，你咋这样说？他是你爹哩。知道他想离婚，他想俺不想，要都那样想，再好也过不安生。反正不离，铁定不离！

我想说，冷暴力比挨打更难堪。终是没有说出口。

她还吵着找父亲。

奶奶气得直骂，你个傻媳妇，那边有人照顾他，你去做啥？你不要命死了不可惜，还没满月的娃没奶吃，生他做啥？

母亲涣散的眼神猛地聚焦一起，狠狠说了句，我去劈了他们！

奶奶给劈蒙了，说，哦，那啥，老实在家待着，我去烧汤。

奶奶又杀了鸡，日子过到头了似的。

这回母亲没有吧唧嘴，她说肚子胀，给她的鸡心、鸡肝、鸡翅、鸡腿都挑给了我。

她上了床，搂着弟面朝里，宽大的身子一抽一抽的。我强行把鸡肉一口口嚼碎，咽下，为的是不辜负奶奶的手艺；还为的是，活着。

晚上，我们又商量一回，我主张逃，奶奶主张留，母亲让奶奶带我走，她和弟留。最后我们都听了奶奶的，活一起活，死一起死。

主意拿定我们安生了，吃饭，睡觉，哄弟，再不管哪天地震，震几级。

睡梦中我们听到村主任喇叭喊话，全村老少爷们，大家注意啦，这几天疯传河南地震是假的，蛤蟆迁徙是因为今年气温高，跟地震没有关系，乡亲们不要乱，不要乱！

母亲翻身坐了起来，哈！奶奶个熊，二毛没事了。接着猛抠头皮。

我吓唬她，别再抠了，再抠又地震！

给弟做百天，太阳暖得更是不像话。由于地震谣言而蛰伏的乡亲们都来了，睁着惺忪的睡眼，像刚出洞的树熊。宴席摆在当院枣树下，方桌小凳子，油腻腻地闪光。奶奶请了村里掌管红白喜事的大厨。人们挤在院里晒太阳，晒着晒着就活泛了，像泡过的木耳，支棱了，会说笑了。母亲抱着弟挨桌显摆。他们一边逗弟，一边开母亲的玩笑。母亲不会还嘴，只顾咧着大嘴笑。

有人贸然提起父亲，说百草堂生意多么好，又说，可惜他的手艺，会挣不会花，大把银子叫骚娘们占了。

他们的声音低下去，再低下去。

骚娘们又找了个有钱的官。

苏百草住院手术全怪她。

吃了带刺的鱼尾巴。

傻子苏百草，自己吃尾巴给骚娘们吃鱼肉。

说是，胃穿孔……

这些话，挨桌散烟的我听到了，母亲也听到了。她抱着弟，一脸的隆冬腊月。

客人散去，母亲闹一阵骂一阵，诅咒骚娘们挨千刀，被车撞，替她编排了一百种死法。我听来听去，都是那女人坏，父亲竟没一点错。

最后母亲对奶奶说，娘，人家害二毛住院哩，不管咋着咱得伺候他哩。

奶奶回里屋转一圈，出来手里多了一网兜苹果，还有红皮纸包的点心。

母亲乐得抓头皮，哈哈，娘啊，啥时候准备的？

我顿时发了邪火，你什么时候能停止抠头皮？你那样去伺候人家人家都不稀罕！

奶奶怪我，豆蔻咋说话？嫌弃你娘了？自个的爹咋成了人家？

可是……唉！

在病房，我一直没往床前凑。我没法原谅他。

我站母亲身后，偷眼望过去，他瘦得抽骨削肉，两道"戒尺"早没了以往的凛厉。

母亲在虚弱的父亲面前，胆子大许多，亢奋地跺了左脚跺右脚，又把女人的一百种死法，当着父亲面骂出来。

父亲只看着弟。

嚷嚷老半天，母亲才猛然想起，噌，把弟坐父亲怀里。父亲疼得闷哼一声，脸变了色。

她又慌忙抱起，抚着父亲的肚子问，二毛，疼不疼？

父亲慈爱地笑了，目光羽毛般拂着弟的脸，示意再抱近点。

母亲咧着大嘴哈哈笑，把弟往前送，故意掰开弟的双腿，露出小鸡鸡。那姿势让弟以为把尿，淌着晶亮的口水，啊啊地跟父亲"说"话，小鸡鸡一翘，一股水不偏不倚滋父亲脸上。母亲哈哈笑着让弟滋得更高，更得意。

奶奶挪开输液架拿毛巾，又骂她缺心眼。

母亲说，啥缺心眼你懂啥，童子尿治百病哩！

医生说父亲已无大碍，剩下的只是补养。我们借了辆架子车，把他接回家。

路上没有行人和车辆，只有车轱辘与路面的磕碰，轻微地响着。走着走着，半空飘起了雪花。天地如此和谐，不知那些迁徙的蛤蟆，可都找到了温度适宜的家。

　　我正胡思乱想，听到父亲在叫，李桃园，你停下，停下！

2019 年 1 月于确山

螳螂之恋

　　夏娜死了。我亲眼看见她从半空飘落，上半身后仰，双臂环在胸前，在缓缓下落的过程中，仓促完成了一个拥抱。我扒着悬崖间的石缝，抑制住跟着往下跳的冲动，看着她的黑发在空中散开，飞舞，像丝丝缕缕的黑色忧伤，覆盖着她的脸，同时掩去她最后的容颜。

　　夏娜的血染红了大半个天空，秋阳掉进滚烫的铁水，挣扎浮沉之间，放射出骇人的光芒。淡黄色的蝴蝶粘在已经开始枯萎的草地上，腹部以下，由于暴力而离断。肇事的百米巨型"蜈蚣"，鲜艳的龙头倒挂树上，瞪着青白眼珠，与夏娜遥遥相望。

　　徒弟们围拢过来连叫着师傅，试图给我恢复温暖，而我，却真真切切闻到了寒冰的气息，如利刃插进前胸后背。我还闻到血腥味，闻到夏娜，闻到草莓啫喱的香味。

　　夏娜喜欢草莓味的唇部啫喱，临行前，她特意穿上了淡黄色绒衫，衬着光滑饱满的脸蛋，如同刚刚剥落茧壳的粉蝶，绕着行李箱飞来飞去。

这是我第一次答应她的疯狂，带她随我外出拍摄，她高兴得像个女学生。

女学生十七岁跟了我。

夏天的正午，有人在楼下叫隔壁女孩的名字，把我从美梦里揪出。我恼火地蹦下床，拉开门冲到阳台，准备扔下一枚炸弹，把叨扰者炸个粉碎。炽白的烈日下，站着位青葱女孩，短袖迷彩，扎小辫，两只手拢着，喇叭花一样开在嘴边，正一声一声叫着李杏儿，声音圆润清亮，带着卷舌音，如凉脆的冰糖葫芦，在那个夏天的正午，迅疾征服了我的听觉和视觉。对于电影里走出的文艺女兵，哪个二货舍得扔炸弹？

我拉开窗，右手潇洒地在空中划了条弧线，哎！她不在。

女孩目光滞了滞，说，吵到你啦！

上来坐？

不啦，晚上我再来。她飞快地说完，咯咯笑着跑了。

我心里痒痒的，没明白她为什么要笑。整整一下午，我不停地看手机，盼天黑，盼冰糖葫芦的声音再次响起。

我着了魔似的拉拢李杏儿，甚至不惜厚着脸皮，央求她带女伴共进晚餐。李杏儿磕着南瓜子警告我，她可是敢爱敢恨的主儿，想清楚了？我说我就好这口儿。

第三天，夏娜就留在了我的宿舍，很突兀。我不确定她是不是随便的女孩。跟她交往了，赴汤蹈火也心甘情愿，这是我的感触。简陋的宿舍烧成了火海，更是花海，我整整晕了一个夏天，闻着花香，听着画眉鸟的歌唱，乐不思蜀。朋友们说，小子毁球了。毁就毁了吧，得妻如此，值。我搂着十七岁的夏娜，在出租小屋里疯狂地做爱，她汗涔涔的头发，小兽一样的喘息，常常让我愧疚。每当她仰着脸，用孩童般的黑眼珠充满信赖地望着我，让我都不知道该怎样去疼她。

作为摄影师，我不能给她太多，虽然作品获奖带来不少名誉，也带了数不清的徒弟，但终归还是没有固定工作，没房没车没存款，挣的钱也全用在了昂贵的旅费和摄影器材上。

我说，我得出去挣钱。

夏娜抱着我的胳膊，脸贴上来说，不要钱，就要你，看见你在阳台上挥胳膊我就开心。

娜娜，我会挣很多钱给你花。

我不要钱就要你。

吃风喝沫？

嗯，就吃风喝沫，我是蝴蝶你是螳螂，喏，吃了我吧！

公螳螂不吃母蝴蝶，公螳螂要事业。

她噘着嘴，模仿韩剧说，叔叔，这么快就把我排第二了？

叔叔？哈哈！我学她的调，把"叔"字拐个弯儿，再挑上去。

她咯咯咯笑一阵，坐起来说，那好吧，我也上学去。

夏娜学的市场营销，相比之下，她其实更喜欢生物。

我看过她珍藏的蝴蝶标本。打开本子，草地青翠，彩蝶飞舞，那是个奇异的世界。珍珠蝶、燕尾蝶、琉璃凤蝶、玫瑰水晶眼蝶、阿波罗绢蝶，还有最美丽的蓝色多瑙河蝶……每只标本左上角都贴着小卡片，用黑色的瘦体字标明蝴蝶的品种、采集地和制作时间。

一谈起蝴蝶，夏娜就变得滔滔不绝。她说蝴蝶身上的粉末是尘状鳞片，一触即落，翅膀上的鳞片不仅美丽，还能保护蝴蝶在小雨里飞行；那些斑点则代表有毒，斑点越多毒性越强，目的就是在吸花蜜的时候警告它的敌人：别惹我，我很强！蝴蝶的天敌有螳螂、蜘蛛、蜥蜴和蛙。

螳螂？

比如一种产于东南亚的兰花螳螂，它们隐藏在兰花中伪装自己，步肢演化出类似花瓣的造型，随花色调整身体颜色，很漂亮的。遇到兰花螳螂蝴蝶就惨了。

我把双手比成钳状，扑过去。

夏娜躲开，走到阳台坐下，继续说，我梦见自己前世就是一只淡黄色的蝴蝶，翅膀上两粒黑点，是永不消逝的电波，最后我被做成标本，就靠那两粒黑点与众姐妹传递信息。成年后，蝴蝶姐妹四散分开，各自有了家族，有一天，电波传来其中一个姐姐的噩耗，姐姐带着她的家族迁徙，采了被农药污染的花朵，造成整个家族的灭亡。

夏天的夜晚，月华如水，阳台上茉莉花香正浓，兰花修长的叶子映在夏娜的衣裙上，变幻出模糊的阴影，夏娜的神情，便有了庄子梦蝶般的恍惚。听她胡言乱语，我隐隐担心，但也没有太担心，直到出事，我才意识到我错了。

我低估了夏娜在我心目中的分量，她掏走了我的一切，突如其来的悲伤如此厚重，厚重得我无力支撑。景区工作人员抬来两副担架，把我和夏娜一起抬出山谷。他们认定夏娜属于自杀，安全带不可能断裂，何况我们是偷着进来放风筝的，并没有经过允许。出于道义，他们还是给了十五万赔偿金。没了夏娜，我要钱干什么？我想潇洒地转身，把钱抛给别人，眼前却浮现出我的儿子们可怜巴巴的眼神。这对双胞胎，从此没了母亲。我最终抽出一沓钱塞进怀里，剩下的钱分给了一个捡塑料瓶的老太和一个光脚男孩。

无论如何，我不能没有夏娜。在双胞胎儿子震天响的哭声里，我像木偶一样任人摆布，由于我的迟钝，那更像一场拉拉扯扯。徒弟们给我换上黑西装、白头巾。一张张陌生的面孔轮番出现，我不知道他们打哪儿来，更不知道他们是谁。我只知道夏娜死了，而我不能没有夏娜。

她说得没错，我就是隐藏在花丛中的螳螂，从认识她那天起，就蜕变为邪恶杀手。淡黄色的蝴蝶因为好奇，成为我永久的猎物。当最初的新鲜、浪漫隐退，我们的生活就和大多数夫妻一样，暴露出了种种霉点。摄影师注定比别人多有艳遇，女孩掀开帐篷钻进来也是有的，我不是圣人，我喜欢她们。所以，我找各种理由拒绝夏娜的跟随。

想想真够浑蛋，我们同居十五年，这才第一次带她外出拍摄。

夏娜一直没有跟我结婚，她心里埋着病毒，以不结婚来对抗我妈当初的武断。

自从见过我妈，粉蝶一样的夏娜就变得粗糙、坚硬起来。我是家里唯一的男丁，上边四个姐姐。我妈酷爱跟周边农民叫骂、械斗。十三岁那年，因为半尺宅基地跟邻居闹翻，人家把我堵在路上暴打，我跑了。从那以后，我妈不再让我回家，她怕家里的独苗被人掐了。她盼着我长大，在本地结门旺族，最好娶个彪悍的老婆带回来，满足她好斗的欲望。粉蝶一样的夏娜没心没肺，她打心眼里看不上，她说这人中看不中用。二姐家在装修，她叫我去帮忙。我前脚刚走，后脚她就撵夏娜滚蛋。

夏娜还傻乎乎地说，我爱耿直。

我妈说她不要脸，我儿瞎了眼，三天就睡一起是啥好女人。

那时候夏娜已经怀孕了，妈却叫她上山采蒲公英。第二天孩子流了，她又抱怨夏娜不小心，煞气重。夏娜气得拎包就走，几十里山路，又刚流了孩子，夏娜累了就坐地上歇歇，渴了就喝井水，可身上没钱，能往哪儿走呢？瘪瘪嘴，她又回来了。回来告诉我说，孩子是不小心扭掉的。

　　纸里包不住火，为这个，我跟我妈绝了交，带着夏娜四处闯荡。后来，有了双胞胎儿子，我们再没回去过。直到孩子四岁，夏娜看我一个人养家难，要出来找工作，我们才又带儿子回豫南。我妈答应帮我们照看儿子，可对夏娜还是不冷不热。

　　我妈病了，顽固性便秘，在医院都不能正常排便，肚子止不住地疼。由于病痛和衰老，她不再强势，穿衣、梳头、洗脸，干任何小事都气喘吁吁。我帮她把衣服穿得拧巴，头梳得疙瘩，一气之下，她按呼叫器喊来护士，要剃头。

　　我拗不过，夏娜来的时候已经剃了一半。

　　夏娜一把夺过护士的备皮刀，呵斥道，你干吗呢？

　　是她，她让剃的。护士指指我妈。

　　她迷糊你也迷糊吗？要是你妈你剃吗？

　　我从未见夏娜如此彪悍过。她心疼地看着我妈裸露的半边头皮，轻轻梳着枯黄的半边头发说，瞧瞧糟蹋成什么样了。又数落我，你也是，伺候病人怎么伺候的。

　　我妈握住夏娜的手，往下掉眼泪，她说，这辈子我对不起你，我做了坏良心的事，才得了这怪病。

　　夏娜抱抱我妈的肩膀说，过两天就好了，别瞎想了。

　　一哭一抱之间，多年的块垒轰然倒塌。

　　你跟耿直，啥时候领证儿？孩子都恁大了，真一辈子不结婚？

　　夏娜认真地看了我一眼说，不是不结，是没当回事，你

看，孩子户口在老家，户口本上有小孩没我，我呢，现在也
想开了，结婚就那么回事，感情有了什么都好，感情没了，
即便结了也得离。

唉！你还是恨我。

一直到我妈死，夏娜都没有跟我领证。我妈死在了夏娜
怀里，她偷偷用了五瓶开塞露，临死泻干净了，全拉在夏娜
身上。

我的悲痛铺天盖地。冬天的夜晚，夏娜在唱：

坚强得太久，好疲惫，
想抱爱的人沉沉地睡。
灰色空间你是谁？
怎么为我流泪。

梦见发着光的草原，
回到很久以前，
我选择不恨，
带着平静走远……

母亲死后，没有生育的二姐带走了我们的儿子，我继续
没有底线地野外拍摄，靠微薄的收入养活两张嘴。夏娜大学
毕业后一直没有找到工作，往返于超市、饭馆之间打零工。
闷了，她会给我发短信，报告，我想你了！我有意逗她说，

耿大队收到！我能想象她在手机那头咯咯咯的笑声。

我精心布置了火锅、肉丸、香菜、红薯粉、芝麻酱和蒜泥，然后倒杯红酒，拍成照片，文字注明：一个人的晚餐，凑合着吧。给她发过去。

她很快回复：哈！这还叫凑合啊？吃得完吗你！

我知道，在野外，我吃得越铺张夏娜越高兴。等填饱肚子，我再发一张，空碗，剩菜，文字注明：尚未收拾的餐桌。考考你的记忆力，我刚刚吃掉了什么？有奖问答。

耿直你怎么那么好玩呢？我又听到她咯咯咯的笑声。

夏娜很容易满足，不管离开多久，只要我回来时带几只蝴蝶，她就开心。她专门做了三角形纸盒让我装蝴蝶。成虫蝴蝶交配产卵后，冬季来临之前会死亡，也有品种迁徙到南方过冬。夏娜说，迁徙的蝴蝶群非常壮观，还说，世界上最美丽的蝴蝶在南美的巴西、秘鲁。

为此，我真的去了一趟巴西。

当我打开纸袋，放出翅膀亮红的邮差蝴蝶时，夏娜欢喜的尖叫让我激动了一个晚上。

我参与了蝴蝶标本的全部制作过程。夏娜在灯下一点一点操作，每当昆虫针刺入蝴蝶，她都止不住肩膀颤抖。她一边做，一边说，首先，昆虫针自胸背部插入，接着，将针对准展翅板槽中间垂直插下，喏，这样虫体背面与蝴蝶展翅板就平行了。

她选了一枚小镊子，夹住前翅翅脉轻轻向前拉，一直拉到与身体垂直，再压上透明的压翅条。

她说，标本是为长久美丽，为了更自然，我们得用昆虫针拨弄一下蝶翅、足和触角。

整理好的标本放在阳台上，夏娜得意地伸出两根指头说，大功告成，两周后自行干燥。

由于夏娜喋喋不休对梦的诉说，我也开始做梦。我梦见自己落在一群马蹄之下，白马、黑马、枣红马，个个大张着鼻孔，马蹄高高扬起，似要踏碎我的脑壳。那场景如此真切，以至于能闻到干爽凌厉的马儿的气息。

早餐的时候，我告诉夏娜，娜娜，我梦见撞上一群奔跑的马，鼻孔大张，前蹄高扬……

我还没说完，夏娜的汤勺当啷掉了，两滴白色的豆浆刺目地溅在领口上，她紧张地问，踏碎了吗？

呵呵，当然没有。

她停止了进餐，怔怔地望着我，睫毛蝴蝶翅膀一样忽闪着说，耿直，我们结婚吧！

我被蝴蝶效应打了个愣怔，咬了口油条说，怎么想到这个。

夏娜推开汤碗，慢慢起身，离开，背对我说，我以为你会开心。

我们没房。

我不要房，我怕房。

谁结婚不要房？哪有怕房的道理？我们不是小孩了，等两年，攒够了钱，我风风光光把你娶回来。

耿直，我怕买房，我怕被囚禁在一个地方，你说过，儿
子长大后就带我去玩，看蝴蝶迁徙。夏娜不再用黑眼珠望
我，她开始流泪。

我不知道她是什么时候开始动不动就流泪的，男人容易
在女人的眼泪里投降，也容易在眼泪里烦躁。烦躁是因为心
疼，表现出来的，却是冷淡和暴躁。

我离开餐桌，摇摇晃晃陷进沙发说，昨晚整理照片没休
息好，我想睡会儿。

合上眼皮，我从眼缝里看见她绝望的神情，狠心地想，
无论如何，我不能让我的女人在出租屋里结婚，绝不。

夏娜翻电脑，无意间翻到了蕊的裸体照。蕊是我徒弟，
后来做了我的模特，又不仅仅是模特。在我的镜头里，她出
现的频率过高，眼神也过于异常，这些都没逃过夏娜敏锐的
目光。当天夜里，夏娜一声不响离家出走了，包里塞了两罐
啤酒。她的包很大，生气的时候就挎着包走路，一走个把小
时，带着啤酒，买了吃的，一边走一边吃一边哭。我也不知
道她什么时候学会喝酒的。平日里她脆弱得简直有些神经
质，而喝酒的夏娜是个粗拉拉的女人。我不知道哪个夏娜是
真的。开始我不放心，跟着她，她不回来我就一直跟着。后
来鸡毛蒜皮事多了，我也失去了耐心，大家都是成年人，每
人的发泄方式不同，反正她走走就回来。她离不开我。

但我错了，夏娜没有像以前那样走走就算。她打电话给

二姐，按的免提。

姐，我想结婚！

好啊，结，结，呵呵，早该结喽！

耿直不愿意。

咋会！我叫他结，等我把猪卖了，帮你们买房，买了房就结。

我不要房，我想现在就结。

没房咋行？没房不行，听姐的，今年猪快出栏了，等明年咱再多养几十头！话筒里传来嗞嗞啦啦的笑声，像粗糙的砂纸打磨着破砖。

夏娜放下电话说，耿直，咱俩都不会生活，我们只是对方的大麻，大麻能过一辈子吗？

越来越神经了。

是的，神经，我还想疯呢！夏娜发作道，疯了多好，无拘无束可以不受道德法律约束做任何想做的事！

我冷冷地揶揄她，真疯了，恐怕不记得要做什么了。我早在心里做好了准备，编造各种假话，就等她发作，等她说蕊。

可她就是不说，倚在门框上，她在发抖，好一会儿才说，小时候，邻村一个姐姐疯了，在大街上唱戏、骂人，你知道吗耿直，我羡慕她，羡慕她站草垛上拿棍子当枪打的样子，我还羡慕我同学，我想飞，像同学一样飞……

我没耐心听她絮叨没用的。一个不安分的灵魂，住进了想过安稳日子的女人身体，注定要多些动荡。那时候，我还不知道这种动荡会对一个内心脆弱的女人造成什么样的伤害。

我问她，你选择野外，还是安稳?

带我出去。放心，我不会再提结婚。

只要不结婚，怎么都好。我松了口气，突然有点可怜她。不能否认，除了房子的原因，我还舍不得那些女孩，无法想象，结婚之后没有她们激发灵感，我该怎么拍照片。

可她都不提蕊，一句都不提。

我和二姐同时忽略了一个问题，之前夏娜拒绝领证，为什么又突然提出结婚? 被"病毒"困扰多年，恍然解脱，可以想象，那一瞬她多么渴望和我结婚。但我们都拒绝了，异口同声让已经三十二的夏娜再等两年。

夏娜不等了。她突然失去了行为能力，不会骑车，不会做饭，最后都不会起床了。我坐在床边，诧异而担忧地望着我的女人，束手无策。

医生说，她患上了抑郁症，他说夏娜有精神病家族史。

夏娜整夜整夜睡不着，瞪着眼睛说话。她说，耿直，我不想再活着了，我想跳楼，轻轻一跃，多愉快啊，什么都没了。我最好的同寝室姐妹就是跳楼死的，我目睹她从楼上飘下去，白裙子，红腰带……

她就是不说蕊。就是不说。只是默默流泪。

我心疼了，我说，娜娜，一切不会像我们想的那么简单，也不会像我们想的那么严重。

我举了各种各样的例子开导她，她只念叨死，穿着淡黄色绒衫，躺床上，头发上粘着"蓝色多瑙河"——那是世界上最美丽的蝴蝶，此刻，正以标本的形式散发出蓝色荧光，微弱而魅惑，它还有一个名字叫"光明女神"。"光明女神"没有给夏娜带来任何光明，她一动不动躺着，嘴唇翘了皮。她在努力变成标本。

我说，夏娜，你这样不道德。

我不想这样，但脑子不受控制，我就是想跳楼，就是想我同学，就是喜欢她飞的样子。她很腻歪地又哭起来。

我难以理解她的绝望。当今社会，哪个优秀男人没有艳遇呢？不就为喜欢自己的徒弟拍了裸照吗，至于醋劲儿这么大吗？我恼火得想立马买机票，也飞得远远的，而实际上却是连门都不敢出，寸步不离守着她，整整两天。我做了她最爱吃的饭菜，却没法撬开她的嘴。

她越来越虚弱了，闭着眼睛，话也不说了。

我第一次对她妥协，我说，我错了，起来，我带你拍照去。

她猛睁开眼，我要大风筝，带我飞。

我一咬牙，说，给你做大风筝，让你飞！

夏娜喝了两盒牛奶，吞了七个鸡蛋。我心惊肉跳。带她拍照容易，怎么让她飞？我真为难了，开始后悔答应她的疯狂。她疯了，我也跟着要被逼疯了。

　　我上网查阅了古今中外所有关于风筝的资料，打印下来，整整研究了一个月。确实有载人风筝的实例，有位风筝爱好者，就曾把自己十岁的儿子挂在风筝上放飞。结合滑翔伞的原理，我设计了一款"龙头蜈蚣"的巨型风筝，长一百米，身子由一个个圆片串联，每一片都有各自的升力板，这些升力板累加起来，要把八十多斤重的夏娜带上天，应该不成问题。

　　夏娜看了我的设计图，说她不喜欢蜈蚣，让改成蝴蝶。

　　我说，娜娜，蝴蝶是平板的，不适合做载人风筝，就蜈蚣吧。

　　我召集了这些年跟我学过摄影的几十个徒弟，把"蜈蚣"肢解领走，分头制作。徒弟都是好徒弟，除了崇拜我的摄影水平，还崇拜我的设计。我学过美术，负责制作龙头。金黄的龙头红胡须，雪白的獠牙，绿犄角，两颗青白眼珠子，十分抢眼。半个月后，徒弟们也送来了自己的作品。我领着他们加班加点把"蜈蚣"连接起来，身子涂上黄蓝相间的颜色，插上彩色的羽毛做脚。为了安全，还在龙头上安装了控制上升高度的拉线，秋千木板吊在龙头下，拇指粗的尼龙绳，方便抓握。夏娜表现得很安静，守在旁边，一会儿给这个递杯水，一会儿给那个擦把汗，我一度怀疑，她是不是好了。

　　试飞那天有三四级风。我们一行人拖着巨大的"蜈蚣"，开车来到旷野。陆续来了很多人围观，有群众，也有风筝爱好者。众目睽睽之下，我们忙活了半个多小时，"龙头蜈蚣"只懒洋洋地扭了扭身子，就趴在地上不动了。徒弟们脸都绿了。

经过反复多次试验，研究场地、风力，后来调整了主线方向，尽量竖直，把风筝的拉力转换为升力，我们才学会让"蜈蚣"的尾巴翘上天。几天之后，龙头也能缓缓上升了，连着秋千上的石块，如一条长长的彩练划破天空。

试验终于成功了，夏娜迫不及待地坐上秋千。金灿灿的秋阳，天蓝得耀眼，"龙头蜈蚣"带着我的女人越飞越高，风呼啦啦吹着竹条和彩色的羽毛，她在笑，开心地笑。夏娜好久没笑了，她的笑很珍贵，整个人在蓝莹莹的背景下散发出炫目的光彩。

临行前的晚上，我从后边抱着夏娜柔软的腰肢，蠢蠢欲动。两个人顺成并行的S，我的手摸索着扣上她的双乳。我听见她睡梦中的呻吟，望着她微微上翘的唇，真想狠狠吻上去。四周静得只有轻微的鼻息。她终于安稳了。我怕搅扰这难得的安稳，正正身子，躺好。夏娜却咯咯笑着凑上来，捉住我的嘴，婴儿一样吮吸起来。

楼下的迷彩女孩，还有冰糖葫芦一样的笑声。

欲望爆裂，噼噼啪啪在黑夜燃烧。

我迅速被调动，也变成吮吸花蜜的蝴蝶，任夏娜在我身下拱涌。有一片光透过窗帘的缝隙，贴在床头，像窥视的眼睛。不管了，就让它看着两个挣扎的灵魂如何在黑夜里狂欢吧。

凌晨两点，我们欢爱。

之后，汗腻腻抱住对方，笑。

楼下电动车的报警器骤然响起，响了一夜。

我们行进在开往山谷的路上，夏娜的头依着我的肩。

我问，你幸福吗？

不幸福。

为什么？

你把我一个人丢下，不再陪我走路的时候，有一回，我
抱着啤酒一直走到江边，也没见你的影子，就坐在山头看海
鸥，哭，那会儿，我真盼望有只螳螂出来把我吞了。

我用下颌摩挲她的头发，说，我保证，以后不让你一个
人走，好吧。

我也保证以后不哭，知道你烦我哭。

夏娜开始唱一首歌，淡淡的忧伤在车厢里弥散：

如果爱我你抱紧我。
吃了我，
让我的血液融入你的身体。
把我吃掉好好活着，
别舍不得……

后车厢的徒弟们纷纷侧目，有人说，这么怪的歌，什么

名儿？

夏娜望望我说，歌的名字叫《螳螂之恋》，螳螂被配偶吃掉之前唱的歌。

到山顶的时候已近正午，我们抓拍了很多精彩的镜头。开心的时光溜得飞快，天色渐晚，西方飘起灿烂的云霞，游客三三两两下山。

起风了。我们的好戏即将上演。

以云霞大山为背景，拍摄风筝载人的镜头，还是这样一位美女，照片不获奖都难吧。到那时，我们的房子就又多了两个角。找到山顶一处平坦地，我们汗流浃背地把"蜈蚣"长长的尾巴放上了天。然后是龙头。再然后，就是缓缓上升的荡秋千的夏娜。我借了景区的安全带，把夏娜牢牢捆绑在秋千木板上。

关键时刻到了，我却发现还没有换广角镜头，手刚伸进马甲口袋，夏娜变了脸。我瞅瞅四周，风向风力正常，我带着疑惑接着换镜头，不时抬头看她。夏娜继续在龙头的牵引下缓缓上升。

越升越高。

她的手松开了，像喇叭花一样拢在嘴边，她喊，耿直，我是女人，我想结婚，就这么难吗？

我的心被内疚紧紧攥住了。

她又喊，我跟你同居了十五年！

回去我们就结婚！我冲动地张了张嘴，却没有出声。

　　她张开双臂喊，还好我飞过了，蝴蝶一样飞过了，这辈子再没有遗憾！

　　等我发觉不对，命令徒弟控制龙头高度的时候，夏娜已经掏出水果刀，毅然划向秋千的绳索！

　　她真的像蝴蝶一样飞了，一路穿过云，穿过风，穿过我们所有人的视线向崖下飞去……

　　夏娜！我狼嚎一样吼了出来。

　　她果然说到做到，她再也不哭了。

　　我和徒弟们手里拉着松塌塌的绳索，对着风筝残骸发呆。谁能想到，在我们如此精彩的作品之下，竟隐藏着这样夺人心魄的大悲。

　　我小心翼翼从夏娜身体里抽出秋千木板，跪在她离断的遗体旁边保证，娜娜，我是男人，说话算话，以后……再不让你一个人走路。

　　二姐怀着内疚，高价请了美容师，为夏娜整理遗容。他们把夏娜摊在白布上，所有伤口都修饰得严丝合缝，似乎她从未破碎、离断过。隔着透明的塑料薄膜，那不是夏娜，是淡黄色的蝴蝶标本。

　　守夜的时候，我清退所有人，与烛光里的夏娜悄悄絮语。

　　去吧，取出昆虫针。

　　我不允许你总这么疯狂。

　　爱我就这么做。

娜娜，我舍不得。

快去。

我忍痛拖出硕大的昆虫针，使出全身力气从她胸背部插入，瞬间接通了蝴蝶家族的电波：有一只淡黄色的蝴蝶，正追随姐姐的家族飞越太平洋……

原载《山花》2014 年第 22 期

火烈鸟

我的小姑姑叫九曼，她是奶奶的第九个孩子，跟我同岁。

我一直坚信，小姑姑生下来就是为了跑的。打小，她就没好好走过路，小辫子喇喇拍着肩，一路飞跑着下坡，飞跑着赶羊，赶得羊群受了惊，她再捂着肚子笑。

爸妈都不在身边，大我三个月的小姑姑拿着鸡毛当令箭，硬是充当了我的监护人。我们常常跑到梁上，折腾那棵老白果，直疯到奶奶的戏腔从暮色里飘过来——英儿啊，回来喝汤！那时候，小姑姑总能先我一步溜下树，扇动着大脚板，鹿子一样消失在竹林里。

小姑姑脚大，脚趾细长，二趾和三趾之间连着蹼翼。生下来的时候，爷爷差点把那两根怪趾刹掉。有时候奶奶会想，如果不拦着，少两根脚趾的九曼兴许能安生些，也就没有以后的祸事了。小姑姑的脚趾轻易不让人看，但她会在竹林里偷偷让我看。澎湾的夏天，有很多萤火虫，捉进纸袋，

就成了萤灯。萤灯下的怪趾是圣洁的，我一脸肃穆，端详着
薄薄的粉色蹼翼，原来，那就是能跑的资本。我很遗憾自己
没有长那样的脚趾。

直到多年以后，我们都成了家，想起小姑姑，我还会涌
起一股自豪。我常常想起她点着露水，在山梁上向着太阳飞
跑的情景，刚刚发育成熟的身姿，随山势起伏而荡漾，如同
一只频频亲吻海浪的鸥鸟。

小姑姑常说，人是能飞的，梦里出现的各种飞翔姿势，
都预示着人类的飞行潜能。她在澎湾第一个剪了蘑菇头，还
染了发，火狐的那种红。她常常在竹林里张开臂膀，顶着新
潮的蘑菇头，站在石头上，像极了一只大头蜻蜓。

澎湾的蜻蜓又肥又大，常在傍晚潮涌一般卷来，也不管
上山的挑夫们是不是喜欢。但小姑姑喜欢挑夫。她在小本子
上画满了挑夫的画。小姑姑一共有三个小本了，一个画着
画，一个写着诗，还有一个，记着少女的秘密。小本子藏在
一个棕红色的草药箱里，也是不让人看的。

我一直固执地认为，是奶奶扼杀了小姑姑的绘画天赋。
小姑姑的画在孩子群里很有名，孩子们常常以索得小姑姑的
画为荣，我也以有这样的小姑姑为荣。

事情出在一个冬天的傍晚。

那天的天空是苍黄色的，梁也是苍黄色的。放了学，我
和小姑姑一起趴在布满油渍的方桌上写作业。奶奶在院里铡

草。奶奶骑在条凳上，铡刀起起落落，断草渐渐在脚边堆成一座小山。那天小姑姑一定被感动了，苍黄的天空，苍黄的背影，还有苍黄的干草，小姑姑是充满感激来画母亲的背影的。我们都没有发觉奶奶的到来。当那张画变成碎屑飘落一地时，我难以控制突如其来的伤感，大哭起来。但小姑姑没有哭。小姑姑打小就不会哭。虽然，她的诗句也曾饱含泪水——她渴望跨出大山，要不，岂不白生了双大脚。从那个苍黄的日子开始，小姑姑再没画过画。奶奶自认为成功阻止了小姑姑的"不务正业"，却没有想到，小姑姑一直还在写诗。

　　奶奶常说，山外还是山，山外还是山，山外啊，它还是山。小姑姑不信。小姑姑八个月就会走路了。四岁那年，自己跑下山，翻过两道梁，被爷爷奶奶追上一顿好揍。小姑姑从此发了誓，长大，一定要跑出最后一道山，看看山外，到底还是不是山。

　　十二岁那年，小姑姑终于跑出最后一道梁，见到了崭新的中学和公路。她爱上了那片树木环绕的红瓦白墙，缠着爷爷走后门，从四年级直接跳到了初中。初中要出早操，学生们每天尾随一个穿8号篮球衣的男人，拖着长长的队伍慢跑。小姑姑好不容易逃出山，却不让撒丫子尽兴，很是恼火。她频频拧着眉，故意超出领队老师，跑到队外。8号当然不会由着她胡来，总是唰唰几步跨过去，稳稳挡在前面，无论小姑姑怎么发力，都不能超过他。小姑姑自此恼上了8

号，甚至所有带数字8的东西，都让她厌烦。最后，发展到连麻花都不吃了。

小姑姑曾对8号挥过拳头。她挥着拳头恶狠狠地说，等着，总有一天我会追上你。我要追上你，并且超过你！8号丝毫没有介意一个十一岁女孩的狂妄，俯下身，哈哈大笑着揉乱小姑姑的一头短发，好，我等着，等你追上我，并且超过我。一定加油哦！

小姑姑是下了决心的，包括寒暑假，她都没有闲着。每天上山，翻过最后一道梁，穿过公路，到学校跑一圈。当然，绝不是慢跑。偌大的操场，她尽可以甩掉鞋子，扑腾出漫天翻卷的黄尘。

小姑父就是这时候认识小姑姑的。小姑父叫守让，我没叫过他小姑父，我嫌他说话太慢。守让家没什么人了，寒暑假都留校，无聊的日子，小姑姑火一样的身影腾一下就把他点着了。从小到大，他没见过哪个女孩能跑得那样好看，那样有弹性。小姑姑早早发育成熟，个子高，脚大，五官却精致，加上山里人特有的健康润泽，魅力是能蛊惑人心的。守让为小姑姑丢了魂，可惜，小姑姑一直被8号纠缠着，没心思想别的。

遗憾的是，小姑姑无数次获得了学生组长跑冠军，却没有一次能超越8号。直到8号跑出学校，远离山区，跑到了大城市。临走前，他送给小姑姑一串紫色脚链，说，女孩子应该戴这个。那天风有点大，吹得小姑姑一头乱发挡了眼。

当她半张着嘴，终于抬起头的时候，8号只剩了一个虚虚的影儿。

　　一串小小的脚链，把小姑姑的追随永远挡在了山崖。失去目标的小姑姑开始绕着大山独自奔跑。她不能停下，一旦停下，那种岩浆喷发的热度就彻底凉了。她说过的，要追上他，并且超过他。她常常眯了眼，望着鱼肠似的山道，也不知在跟谁说话。她说，我每天跑步，为什么跑？他们都说我浪费脚力，脑子有毛病。可是，不跑还能干什么？

　　小姑姑就像一只失去了方向的鸽子，最终淡薄了飞翔的热情。守让的到来，恰好给了她一个枕头，疲惫的小姑姑当即就睡下了，跟七个姐姐一样，结婚，生子，间苗，锄草。我不知道每天重复的日子，每天一模一样的日子，小姑姑是怎么过来的，她是不是还偷偷看那些本子。

　　那时候，小姑姑并不知道网络是怎么一回事，是我教她上网的。所以，她后来接连失踪，从某种意义上说与我脱不了干系。

　　小姑姑第一次失踪，我正上大一，放暑假，照例回了澎湾。出事前一天，小姑姑还带我去采草药，补充草药箱，没事人一样。

　　她一路好脾气地指点着告诉我，这是贯众，翻白草；那是老龙须；开绿白色小花的，是土茯苓。还随手翻出一块灰头土脸的鳞片状石头，拍打着得意一笑说，这是青礞石，治

癫痫的。我慌忙去搬，小姑姑却拦住说，瞧你，整个一守财
奴。下山再拿。至今我还记得，小姑姑说话时的嗔怪。她只
比我大了三个月，却一直拿我当孩子。那天，她背着半袋子
草药，束起了红发，裸露出光滑的一截后脖颈。小姑姑皮肤
很好，喜欢用山泉下的污泥敷脸。她爱美，却从不照镜子。
她常说，幸福的人照镜子，会得到双倍幸福，不幸的人照镜
子，只能收获双重不幸。我的小姑姑只有初中文化，我不知
道，她哪儿来的这些智慧。

　　小姑姑坚持背我一截，一站起来，就把我悬在了半空。
我倒是不怕，已经很久没人拿我当孩子了。伏在小姑姑肩
头，我很受用。我拨弄着小姑姑火红的蘑菇头，想起了电影
《罗拉快跑》。从某种意义上说，小姑姑跟罗拉是一样的。

　　澎湾的景区还没有彻底完工，整体气势已经出来了，上
山通道开辟了三四米宽，全是水泥台阶。我伏在小姑姑肩
头，很没良心地想，这样的台阶，不知小姑姑还能不能奔
跑。这样想着，小姑姑就踩着台阶跑了起来。可惜，到底不
是土质山梁，没跑几步小姑姑就停下了。我听到她呼吸里的
沮丧。

　　第二天，小姑姑就不见了。

　　小姑姑的失踪像一阵旋风，迅速传遍了澎湾。大家都
说，九曼这女子，心性太高。

　　我们都不知道她去了哪儿。

　　直到两个月以后，小姑姑才给我打电话，说，上海很

大。说，她交男朋友了。说，那个人，什么都不会。说，遇到难题，还是想找守让，以朋友的名义……

我叹了口气，小姑姑，你何苦呢？

胖四狗子给守让介绍了女人——接生婆刘一剪。刘一剪凭借一把剪刀，给大山带来了数不清的孩子，可惜，自己不能生育。守让什么都没说，把家里剩余的核桃分成六份，裹六个小包，每月寄上海一包。小姑姑的地址是我给的。为了小姑姑的幸福，我出卖了她。

在胖四狗子的安排下，一切都在紧锣密鼓地进行着。

返校前，我去找守让，使劲盯着他的眼睛，等他表态。我知道守让喜欢小姑姑。虽然，他不说那个字。没有哪个女人能像小姑姑那样在他心里奔跑。小姑姑有着女人罕见的大胆、柔韧，加上奔跑中的韵律，一团飞扬的红发，在守让眼里就是狐媚子。当年，小姑姑答应嫁给守让时，他连一秒钟都没有犹豫，提着包裹就做了上门女婿，跟小姑姑一块办起了幼儿园。可惜，山里通车后，孩子都进城上了托教，幼儿园一天天空了。小姑姑的心也跟着一天天空了。被抽空的小姑姑不再奔跑，转而迷上了网游，每天像上班一样去山下网吧，聊 QQ 打游戏，既不顾家，也不管孩子。你干吗要教九曼上网呢？守让一直跟我纠结这个问题。结婚后，守让是要贴着小姑姑鹿子一样温暖干爽的皮肤，闻着她的红头发才能睡觉的。可惜，随着奔跑停止，小姑姑的身体很快成了冰冻的水管子，挨不得了。守让文化浅，总把吐鲁番说成土里翻。刚结婚那会儿，小姑姑会哈哈大笑指着他说驴！后来，守让再说土里翻，小姑姑就要让他吃白眼了。末了，再从牙缝里硬邦邦地挤出三个字：吐鲁番！那种冷和硬，是能把男人一剑穿心的。

守让在我的注目礼下到底开了口，慢吞吞吐个大烟泡说，唐英你告诉九曼，半年后回来吃我的喜糖。这句话，守让倒说得飞快，都有点不像他了。

开学后，我每星期都要向守让询问小姑姑的下落。可惜，一直没有消息。直到元旦会演，我才突然听到小姑姑火爆的嗓门，怎么搞的，也不接电话？我要回来了。我丢不下这个烂臭男人！

我抓着手机僵了僵，不知怎么告诉小姑姑关于守让的事。我来不及卸妆，跟老师说，家里有急事，连夜赶回了澎湾。

三天后，小姑姑果然回来了，一头红发站在我面前，还是那么健康饱满。

我望着小姑姑，等她开口。她会怎么说呢？

她或许会说——

世上没有完美。所谓完美，也只是在某个特定阶段，被自己认可或虚幻出来的完美。我很清楚自己要的是什么，就是那种活着的意义，往前走的目标。和他在一起，绝不是厌倦平淡的产物。但是，我发现他不比守让好多少。在一起的这些日子，如同他没有送过我像样的礼物一样，他的感情也是低廉的、随意的。我在或者不在，丝毫不影响他的心情。反正，有很多妙龄女孩，正不停地扇动羽翅，期待得到他的青睐。我并没有收获想象中的幸福，所以，我回来了。

末了，小姑姑肯定还会用力甩头发。

如果小姑姑真这么说了，情节虽然俗气，我还是能接受的。可惜事实根本不是这样。

小姑姑说，半年前，8 号突然有了消息。

又是 8 号。

这六个月，每到月初我都会收到守让寄的核桃。整整六袋核桃，我不是没动过心。但我除不掉那个蓝色魔咒，除不掉奔跑和超越的愿望。那些山里复制的日子，不是我想要的。上天既然让我长了蹼翼，就应该有它存在的价值，它是我跑出大山的资本。

这两年，澎湾修了铁路。我知道，有一列火车是到他那儿的。火车跑得太快，我追不上。说着，小姑姑无奈地笑。

你，追火车？我惊讶地发现，小姑姑的笑是黑色的，有一辆火车，正从她脸上呼啸而过。我打了个冷战，说，火车不是玩的，你离远点。

小姑姑没理我，继续说，听到他的消息，我就去了。在上海租了房，慢慢打探他的地址。

见他那天，他推着妻子在散步。跑步的人群从他们身边穿过，他抬起头扫了一眼，却表现出笼子里吃饱了的虎，面对猎物时所表现出的慵懒。他经常做的就是俯下耳朵，听大舌头妻子说话。那个曾经健步如飞不可超越的男人，已经两鬓斑白了。我想家想步晨，所以我回来了。

步晨是小姑姑的第一个儿子，在我高三的时候就已经出生了。

小姑姑的声音慢慢进了水，张开双臂，像一只归来的大鸟抱住我。

这么说，你没有男朋友？可是小姑姑，守让说，寄完六袋核桃，他就会……娶刘一剪。我嗫嚅着，仿佛做错事的是自己。

命运把握在自己手里。我不信这个。我看过情感调解的节目，我要上电视，夺回守让。小姑姑放开我，有点不耐烦，你呀，还是老样子，肉！

小姑姑不再理我，向守让家大步走去，脚步凌乱，却迈得坚决。

小姑姑真的拉着守让上了电视。

小姑姑捧着核桃在节目现场说出我爱你的那一刻，守让就土崩瓦解了。这个憨厚的汉子早忘记了对刘一剪的承诺，丝毫不顾及另一个女人的感受，憋红脸，扛上小姑姑就回了家。小姑姑在守让肩头踢着脚，尖叫着拍打守让的脑袋。夜色里，我依稀听到她说，以后再不跑啦！

后来，我在小姑姑的草药箱里，读到过这次失踪的记载。本子在药箱里放久了，字迹也带了草药味。

　　他们都错怪我了。我不迷恋网络，我迷恋的只是那种岩浆喷发的热度。

　　第一次见火烈鸟，是在电影院，成千上万只火烈鸟聚集在纳古鲁湖，把湖水染得血红。侄女唐英告诉我，火烈鸟每次起飞前都要狂奔助跑，跟我挺像的。我就跟着唐英，以火烈鸟的名字学会了上网。

　　我喜欢以火烈鸟的名义，在网络里狂奔、搏杀。

　　我喜欢《火种》的游戏。

　　传说，楼兰古国有一种鸟，羽毛丰满后要一直往南飞，经历重重关卡，寻找南焰山。让南焰山的天火点燃自己的羽毛，再把火种带回家，最终化为灰烬。

　　游戏里的生活充满了烈焰，它离我很近，又离我很远。但如果能够选择，八成我会放弃现实。现实是一块废铁皮，早锈了。澎湾已经没有土地可以奔跑，更不用说播种。所有土地都是景区的。我们被景区养着，日子跟那些建筑物一样，硬得失去温度。那些水泥封盖的山道，那些生着斑点的竹子，它们不会说话，如果会说话，一定也会喊饿的。

　　在体温降到冰点以前，我要取回火种。

　　…………

　　时间过得很快，来上海已经四个月了，我还没拿定主意，要不要等六袋核桃全寄来。要不要，现在就抱着四袋核桃回去。

夺回守让的小姑姑，当真停止了奔跑。

热热乎乎喝过腊八粥，大雪紧随其后封了山，一脚下去，能没到膝盖。这样的天气，澎湾人都是不出门的。守让搬出蛰伏一年的炉子，红彤彤地烧起来，陪着小姑姑在铁板上噼噼啪啪烤花生，砸核桃。小姑姑爱吃核桃。她说核桃是灵物，核桃仁的形状跟人的大脑一样。我目睹过有洁癖的小姑姑，把掉地上的核桃渣捡起来，很香地抿进嘴里。

冬天，是在核桃的香味里捂过去的。

转眼，院里的杏树又开满了白花。守让撸起袖子上前一摇，花瓣扑簌簌落下来。步晨在树下仰起小脸，眨着黑眼睛，惊讶地叫，咿呀！下雪了！

守让则慢声细语地跟小姑姑说话，小姑姑靠着树，只是抱着胳膊笑，偶尔，甩一下红头发上的花瓣。

天气转暖以后，山下的网吧舞厅相继开张。蛰伏一冬的小姑姑到底经不住诱惑，再次犯了网瘾。她揣着胸膛里蒸腾的烈焰，一趟趟扑下山去，钻进网吧，挥舞着鼠标到处飞奔搏杀，就像一只着了魔的母鸡，时不时丢下孵着的蛋，不停跑出去拍打翅膀，挥霍旺盛精力。

网吧里激战的小姑姑漏接了一个重要电话。就是这个电话，毁了步晨一生的光明。

喜婆回娘家烧清明，步晨交给了小姑姑。小姑姑憋不住，把步晨锁在家里，去了网吧。步晨偷偷从窗户爬出来，把楼梯扶手当滑梯玩，不小心，一头栽进院里的石灰坑，滚成了粉人。步晨的哭喊传遍了澎湾，唯独没有传到小姑姑的耳中。大家一起把步晨送到附近诊所，医生处理不了，连夜又送往市里，可惜，还是延误了最佳时机，步晨再也看不清飘落的杏花了。

守让第一次冲小姑姑举起了铁巴掌。小姑姑跪在守让面前，仍然身姿挺直，打吧，打完了你听我说。

守让的巴掌拐着弯，软软地落下来。

小姑姑的眼泪也吧嗒吧嗒落下来，砸到地上，粉身碎骨。小姑姑说，你守了我这么多年，现在，该我守着步晨，守着这个家了。我要是再往外跑，你就剁了我的脚！

你，怎么守得住？你个……

我守得住。

守让咬了牙，我早该给你买个跑步机，陪你一块儿跑……唉嗨嗨……守让哭得很难看。

我打心眼里希望小姑姑从此痛改前非，别再折腾了。但我不知道，如果真安生了，对小姑姑来说是好还是坏。毕竟，她不同于我们，我们的血液是僵死的，而她的血液却是沸腾的。

不管怎么说，从那以后，小姑姑真安生了。

小姑姑安生了五年。

五年后的某一天，我已参加工作。就在我为职称和前途没日没夜学习考试的时候，小姑姑再次失踪了。

守让打电话告诉我，九曼又跑了。这已经是小姑姑第二次失踪了。我当时就蒙了，放下手头的一切，赶回澎湾。

进山第一天，我就看到了幼年玩耍的老白果。它已经在山火中失去了枝干，漆黑锐利的断茬之下，只有裸露的根还活着，盘旋纠结，蜿蜒数十米，然后，一头扎进大山的肚腹。我似乎听见大山的呻吟，还有小姑姑的喊叫。

据守让说，小姑姑又跟网友跑了。说这话的守让，穿着黑石蓝衬衣，坐门口搭着腿抽烟。

刚结婚的时候，守让不是这样的，他嚼橄榄，不抽烟。

那个春末夏初的夜晚，桐花正盛。幼儿园的桐树上，挂了只大灯泡，塑料盆在树下一字排开，供孩子们洗脚。守让一副灯下弥勒的样子，翻卷着衣襟，故意露出圆滚滚的肚皮，笑嘻嘻地看孩子们洗脚。那个夜晚，水花桐花落了满地，我看到了小姑姑和守让真诚的幸福。我不知道他们从什么时候开始不幸福的。

我翻遍了草药箱，也没有找到小姑姑出走的答案。因为，自从小姑姑安生以后，除了在守让和喜婆的要求下接连生孩子，再没往小本子上记一个字。所有的笔记，都停了。或许，她把这些本子都忘了；也或许，她已然明白，这辈子，是跑不出去了。

守让告诉我，九曼生下第三个孩子以后，脾气突然暴躁，总是摔东西打娃娃。清醒过来，也会心疼地抱着娃娃哭一整天，哭过以后，还是要打。

我难以想象小姑姑哭一整天的样子。我满脑子储存的，都是她在我哭泣时抛过来的不屑。

你们，当她是生孩子的机器吗？

不是，步晨已经……我们想要个全乎男孩。二胎又是丫头，只好……

去医院看了吗？

看了。人家说，是产后抑郁，吃药作用不大，多出去转转，家里人多陪陪她。我这两年在景区包了食堂，很忙。再说，她有草药箱。守让说着，表情就不自然了，脸上的笑纹就像钻出皮肉不停蠕动的虫子。

我哇的一声吐了，对这个木讷的男人，突然产生了憎恨。

小姑姑失踪后的第二年，正值莺歌燕舞草长莺飞的时节，我查出了乳腺癌。一直以来，拼命争取的职称、前途，还有梦想，都不值一文了。我万念俱灰，请长假回澎湾休养。一边休养，一边等小姑姑。我盼着某一天，小姑姑会回来，像第一次失踪一样，一头红发站在我面前说，我放不下这个烂臭男人！说，唐英，没什么大不了的，得癌的又不是咱一个！

我剪了和小姑姑一样的蘑菇头，红发，站在院里学小姑姑用力甩头。发丝一根根变白，拂尘一样四下飘散，最后，只剩一枚光秃秃的骷髅，如少年时，奶奶晒在屋顶的干枯葫芦。我惊恐地转身，在镜子里又看到了我的骨骼，以及骨骼深处咔咔拔节的疼痛……

醒过来，闹钟还在咔咔咔响着。我把镜子反扣在桌上。小姑姑说得没错，幸福的人照镜子，能看见双倍的幸福；不幸的人照镜子，只能收获双重不幸。我收拢心神，开始绣十字绣。

日子在我的针线里一丝一丝滑过去，我不着急。

李西安的到来，却是我没有想到的。四年了，李西安还只是我的男朋友。那天，他喝了酒，带着野性把我紧紧扑在身下，像扑一只兔子。

我要儿子。他说。

为什么不能是女儿？我停止了挣扎，望着李西安血红的眼睛，忽然想起失踪的小姑姑，还有穿黑石蓝衬衣的守让。

我只答应了李西安两个晚上。不是我薄情，我太贪恋他的怀抱了，我怕自己最终会在那个温暖的怀抱里缴械投降，答应他回去手术。没有乳房和头发，怎么活？

那两个晚上，我们不停地纠缠，在老屋，在梁上。无论在哪儿，黑暗中都有一双不屑的眼睛在注视我，让我每每羞愧于自己的放纵。

两天像一阵风，无声地刮过。送走李西安，我晕晕地想，我是那么爱这个男人，可为什么总是拒绝呢？我是在拒绝李西安，还是在拒绝生命？那么小姑姑呢，她是在拒绝守让，还是在拒绝平庸？

我一日一日望着梁上，期待一个向着太阳飞跑的身影。

可惜半年过去了，我什么都没有望到。

我想，这一回，小姑姑是真的失踪了。

半年里，吃着草药，我的病没有恶化，也没有好转。我用足够的时间，目睹了守让和三个孩子的惨淡。十字绣已经完成了，粉嘟嘟的胖娃娃，口水都像是真的，湿得不行。我摸摸胖娃娃，再摸摸自己的肚子，第一次起了回去的念头。都是那两个昏天暗地的晚上，不知道李西安在我这贫瘠的土地上，到底播撒了多少火热的种子，竟然也生根发芽了。

我没有长蹼翼，自然也不具备小姑姑的果敢，舍不下丢不掉的，全是俗人俗事，一如她所说，肉。

我给李西安挂电话，西安，我晚上到家，想你接我。

电话那头静了好一会儿，传来敲打话筒的声音，嘟！嗒嗒！就像地下接头的暗号。

好，我去车站接你！记住，手捧《康熙字典》那位就是。

穿过电话线，想起初识李西安的图书馆，我破涕为笑，低下头，用手指点按着硬硬的肚皮，触摸到一串不安分的跃动。小东西，他在用力蹬母亲的肚皮，一下，又一下。

我终于不再等下去了，无论是小姑姑，还是命运，我都不再等了。学着小姑姑，我也自主了一回。

回到李西安身边，初为人母，我渐渐忘记了生命的残

缺，与此同时，也淡化了对小姑姑的想念。直到有一天守让
又来找我，说，火车站的大圆柱上，贴着认尸启事，红发女
人，大脚，长两根怪趾。警察怀疑，是煤车上甩下来的流浪
女。

我望着守让的鼻涕混着眼泪在胡楂上抖动，耳边回响
的，全是小姑姑甩着羊鞭的笑，如一枚枚铁钉，死钉在我的
心上。

我没有把小姑姑追赶火车的秘密告诉守让，带着他找遍
澎湾，把小姑姑葬在一个土质的梁上。

返城之前，我当着李西安的面翻开小姑姑的草药箱。长
期没人晾晒，草药已经长了白斑。在箱子底层，我找到了一
张小姑姑的照片，似乎是双臂伸展，仰脸站着的。可惜，照
片已经褪色，我始终看不真切小姑姑的面容，和那一团红
发。一如梁上的白果，隐在幼年淡紫的山雾里，成年后的我
们再也无法靠近。那些欢叫和奔跑，都已经远去了。

我不知道，小姑姑是否已找到了适于奔跑的开阔地。潜
意识里，我更愿意相信小姑姑藏了起来。她就躲在梁上的团
雾里，远远看着我们，看着她的三个孩子，一旦哪个受了欺
负，她就会踢踢踏踏冲上去，给人一巴掌。

就像幼年时保护我那样。

桃园

　　夏清进车棚的时候，不小心车把一歪，整个人就斜斜地滑进了停尸房。屋檐下那根灰头土脸的柱子把她吓了一跳。

　　一个停尸房，离车棚那么近。夏清一边嘀咕着，一边抚平挂出线的针织坎肩。车棚的阴影从身后伸出来掩在地上，显得周边越发白亮，晃得夏清有点头晕。

　　昨晚夏清没睡好，一直在做梦。那个梦好多年没光顾了。梦里刽子手说，你这个披着天使羽毛的恶魔，下地狱吧！刽子手哈哈狂笑着举起砍刀，夏清就醒了。这个梦总是在砍刀举起的时候准时结束，不早一秒，不迟一分。夏清有时候就想，如果迟一些，让砍刀落下来，会怎样？

　　夏清穿好白大褂走进产房。那个即将做母亲的女人正攀着产床提起半个身子，爆发出尖利的哭叫。

　　别哭了！省省力气把儿子挤出来是正事。夏清说着，顺手打了一下产妇的屁股。这个责怪的小动作并没有让人觉着生硬，反倒有无间的亲密在里面。产妇又哭又笑起来，有点撒娇。

　　折腾半个多小时，随着响亮的啼哭，又一个小生命降临人间。产妇和夏清都是一头一脸的汗。这真是个见证奇迹的时刻。夏清看见那个新转科过来的护士红了眼圈。以前，夏清也和小姑娘一样，曾经不止一次为经历了生死挣扎而来到这个世上的小生命激动得流泪。后来见得多了，也就习以为常。

　　夏清回到主任室，冲了一杯咖啡。一会儿还有一个引产的。产妇是农民。头胎丫头，这一胎 B 超里又显示了雌性特征。夫妻二人都要把已经成形的孩子做掉。

　　对于引产，夏清一般不会很累。注射子宫的药物是别人提前打好的。夏清上台，药物已经起了作用，胎儿大多不会再动。夏清只负责把胎儿引出来。之后，就可以摘掉手套走人了。剩下的事是助手的。夏清知道那个叫丁亚的丫头，会把胎儿在第一时间浸到水桶里，淹下那有可能发出的啼哭，还有人类的残忍。如果药物没注射到位（这样的事情不是没有），大月份的胎儿是很可能发出声响的。那将很可怕，无论对于医生还是对于产妇。夏清还知道，已经成形的胎儿或许还会在桶里那么徒劳地挣扎一下。她是生命还没开始一声完整的啼哭，就要被消毒水吞没的不合格种子。她该长个小雀子，那就好了。

　　说实话，妇产科大夫也想只有生，然而有太多的母亲希望她腹中的胎儿生命结束。这样就有了人流、引产，有了赤裸裸的死。

夏清也是从助手一步步走出来的。不记得有多少成形或未成形的胎儿，被她丢进那个套黄色塑料袋的垃圾桶。桶是普通的桶，套了黄色塑料袋就是医疗垃圾了。胎儿贴着医疗垃圾的标签，经过一系列流程以后，下落不明。医疗垃圾的处理，不归夏清管。

刚进妇产科时，夏清常常在梦里被一种声音吓醒，然后，就怎么都睡不着了。

转眼夏清也有了助手。助手远比自己当年果敢，"第一次处理"就做得不动声色。夏清的"第一次"很糟糕，用母亲的话说就是毁了她一生。傻儿子就是当年"处理不当"的结果。当夏清把那团肉丢进桶里的瞬间，突然感觉到了手指下生命的痉挛，当即，就下意识地把胎儿取出来了。

有了第一次，就有第二次，第三次，第一百次。九年了，夏清总是被一些东西侵扰着，不得安宁。比如今天，她坐在这里喝咖啡，想的，却是与咖啡无关的东西。去年就听说了一些小道消息，可能要取缔非法人流引产、胎儿性别鉴定。一个月前又听说，文件已经从卫生部下发到了省里。或许，县里的正式通知也快到了。

夏清放下杯子，顺手拿起了桌子上儿子的照片。照片里，儿子没看镜头，抱着巴黎的脖子，在发呆。

夏清下个月该休年假了。这让巴黎莫名地兴奋。

巴黎是在夏清与丈夫语音聊天的时候听到这个消息的。夏清一边吃泡面，一边呜呜啦啦语音，巴黎卧在她脚边就听到了。巴黎很聪明，但巴黎也老了。夏清休年假就要带着它离开这个小县城，去乡下。夏清的丈夫在乡下包了一块地，开辟出一个很好的庄园。

巴黎喜欢乡下。乡下可以自由飞跑，不像县城，到处是车。乡下还可以躺在菜坡上撒欢，高兴的话，再把树荫下刨食的鸡追得咯咯乱飞。或者，恶作剧地掠夺一下猪的口粮。这些都是身形高大的巴黎非常喜欢干的，尤其是梅妮那双迷人的眼睛盯着它的时候。

想到梅妮，巴黎伸个懒腰站了起来，推推小红盆，装作要吃几口的样子。这时，身后传来拖鞋击打地板的声音，吧嗒，吧嗒，吧嗒吧嗒。夏清还在院里忙碌。夏清总在忙碌。一大半原因，是为她的傻儿子。那家伙不小心会把自己装洗衣机里出不来。夏清上班之前，要关好每一扇窗，锁好每一扇门。还有开水瓶、菜刀，也要藏起来。那些东西，在夏清眼里不啻魔鬼。

夏清领着儿子进来了，把一根剥好的火腿肠送到巴黎嘴里，巴黎，照顾好悠悠！

巴黎一边吞食着美味，一边摇尾巴，实在顾不上其他，否则，它会很亲热地嗅嗅悠悠的脚。夏清的傻儿子叫悠悠。夏清跟悠悠分了房以后，悠悠每天都要巴黎舔着脚丫才能入睡。没办法，夏清就在悠悠的房间里用纸箱搭了个狗窝，还挪进来一堆花花绿绿的积木。悠悠长到九岁，积木换了好几拨，可惜还是不能从一数到百。有时候，巴黎都后悔自己干的蠢事了，悠悠是人，自己是狗，狗管人的事干吗呢，给夏清带来了那么多麻烦。夏清不知道怎么了，一大早就嘟囔说头晕。自己量量血压，110/70，世界上再没有比这更标准的血压值了。

　　夏清一走，院里就静下来。巴黎实在没什么事可做，蔫蔫地守着悠悠打盹。悠悠呢，可不这么省心。他似乎不愿意巴黎睡着，一个一个地朝巴黎身上丢积木。巴黎摆摆脑袋，挪开身子，也不理他。悠悠丢累了，钻到床底下掏出一只鞋盒，当成手撕饼又是扯又是咬的，弄了一地碎屑。可惜夏清早上收拾好的屋子，重新乱成了一锅粥。

　　夏清每次下班，巴黎都要摇着尾巴迎出来。隔着大门，它就能闻到来苏味。但今天情况似乎有所不同，来苏里夹杂了一些陌生气味，让巴黎条件反射地叫起来。

　　巴黎！夏清打开门，竭力大声呵斥。柔声细气的夏清，这会儿因为那个扶着她的男人而大声叫巴黎的名字，这让巴黎很不舒服。巴黎缩起身子回到悠悠那里，以此来抗议夏清的冷落。

　　男人扶着夏清坐到沙发上，摘下棒球帽说，你看你累的这样子，要是晕倒在大街上怎么办？

　　夏清说，没事，我有点太激动了。

别想那么多了。宝贝，去我的庄园吧！你会喜欢的。今天就走。男人说着，又故意压低了声音，我引进了新技术，桃花已经提前开了！微小的声音对人类来说是秘密，对狗可没用。巴黎听得清清楚楚。男人的话或许让夏清想起了什么，眼睛一亮。这些巴黎都从门缝里看见了。它很不屑地哼了一声。这一声轻吠，让夏清与男人同时回过了头。不过，巴黎已经迅速躲到墙角去了。

悠悠正专心摆弄一支指挥棒。悠悠两眼之间距离很宽，像两只斗架的蛐蛐，怎么都拢不到一块儿。眼神呢，更是涣散得没有边际。巴黎凑过来叼起指挥棒往前一扑，悠悠就笑起来。悠悠长到六岁才会笑。所以，悠悠的笑很珍贵。巴黎越发表演得卖力，四只爪子把指挥棒在地上拨来拨去。悠悠笑得更响，笨拙地把两手扣在一起。

哦，上帝，悠悠学会了鼓掌！巴黎正准备把指挥棒横咬到嘴里，男人推门进来了，这不能不说是一件扫兴的事。男人夺下指挥棒，赶苍蝇似的冲巴黎挥了挥手，坐到蒲团上说，儿子，知道这是什么吗？以前，爸爸可是小有名气的人哦！

巴黎，突然想起这个梳大背头的男人是谁了。巴黎拉下脸，卧到一边去。是的，巴黎的脸橡皮糖一样拉长了，雪白的毛耷拉下来，遮住两只眼——它不想看他那个样子。有些事，只有巴黎和男人知道。

　　夏清把她"第一次处理不成功"的小生命，直接送到了
新生儿室。男婴生命力很强大，经过三个月治疗已无大碍。
也可能是护士漏掉了打针的程序，或者，没把药物注射到
位。总之，男婴逃过了鬼门关。既然连上苍都对这个孩子垂
怜有加，那么夏清更觉得没有理由不养着他。那是个先天不
足的男胎，所以人家才要打掉。夏清一个没结婚的女孩子做
出这样的举动，大家都认为这个女孩疯了。但巴黎知道夏清
没疯，恰恰相反，大多数人类缺的就是这个。

　　首先反对的当然是夏清的母亲。那个女人几乎每个星期
都要来闹腾，哭哭啼啼住两天，再被夏清劝回去。哭什么
呢？不就是嫁人有点难吗？巴黎很不忿，如果这样的女孩子
都没人要的话，那么人类还不如我们。

　　让人意外的是，夏清很快就结婚了，那速度，似乎就是
专门回应大家的议论的。对方是县城小有名气的指挥家。夏
清会拉小提琴。指挥家喜欢夏清拉琴的样子。那时候，指挥
家也会过来和夏清一起给悠悠洗尿布。有一回，夏清的一绺
头发垂了下来，指挥家瞪眼瞅半天，曲着食指帮她拂到耳
后。那家伙的手指很奇怪，一拂就烫红了夏清的耳朵，传遍
整个面颊，好像高粱地上空燃烧的彩霞。巴黎警告地冲他叫
一声，他就老实了，起来把花花绿绿的尿布搭到铁丝上。

　　日子是在沾满肥皂泡的指缝里溜走的。一天。两天。十
天。在他们一起洗到第一百零八天的时候，指挥家心甘情愿
娶了夏清，还有她的悠悠。

　　结婚那天，巴黎追着花车一路跑到新房。其实，它还想钻进洞房去撒撒欢。可惜，夏清很羞怯但很坚决地把它卡在了门外，还从门缝里调皮地冲它努努嘴。巴黎得到暗示，跑过去从角落叼出来一袋子骨头，美美地饱餐了一顿婚宴。作为狗，那天巴黎睡得有点过了。

　　夏清的婚姻，因为多了个悠悠，注定会有所不同。特别在夏清做了妇产科主任以后。做了主任，就要加班，照顾悠悠的任务自然落在了指挥家身上。悠悠的屎尿越来越多，床单尿片也越来越沉。指挥家渐渐生出一些不耐烦。巴黎看见过指挥家偷偷冲悠悠挥拳头。巴黎装作没看见，也或者看见了转眼就忘了。

　　但是呢，有些事不会因为你看不见就消失了。它只是隐藏在某个角落冷冷地观察着，寻找时机破土而出，再打你个措手不及。矛盾是在一个周末激发的。那天夏清接到医院的电话，说是一个二次剖宫产，有点麻烦，夏清必须去一趟。夏清刚走，悠悠就一屁股蹲在了指挥棒上。当时指挥家盯了悠悠一眼，捧着折断的指挥棒，半天没站起来。悠悠呢，还在旁边啃拇指。悠悠是个傻孩子。但巴黎可不傻。巴黎呜呜转着圈，盼着来苏水的味道早点飘进来。那天，巴黎咬烂了沙发套。

　　夏清回来的时候，指挥家已经做了她最爱吃的酸脆莲菜条和南瓜粥。夏清没见着悠悠，问指挥家，儿子呢？

　　指挥家系着夏清的碎花围裙，替夏清拿拖鞋，换外套，儿子啊，被奶奶接走了，要在乡下住一段。

夏清愣了，随即也开心起来，哈，春暖花开，一老一少在乡下！好吧，这次让他们玩个够。

巴黎在旁边叹气。巴黎不知道，是不是该去做一件大事了，或者说是蠢事。巴黎站起来，再坐下，拿不定主意。真没想到，作为一条狗，也要因为人的事而操心。

最后，巴黎还是决定豁出去了。再怎么着也是救主，那人总不能杀狗灭口。他们还在午睡，巴黎撒开长腿跑出了门。当然，还要机敏地躲开那么多车。路上的行人都在看着这条高大的白色长毛狗，不知道它要跑到哪里，去干什么。很历险，途中，巴黎遭遇了城管的袭击。他们拿着橘红色的棒子，一直追到郊区。说实话，巴黎汪汪叫着逃跑的样子有点难看。

巴黎飞跑着。出了县城，就像在乡下了，跑得放肆。真痛快啊！如果不是担心悠悠，留恋夏清温暖的小手，巴黎会一直这样跑下去。跑到那个白云笼罩的翠绿小村庄，找到梅妮好好折腾一番。梅妮生再多的宝宝巴黎也不怕，有没有小雀它更不在乎。巴黎只知道它们是它的孩子，它和梅妮的孩子。巴黎一直想不明白，人到底是怎样的物种，为什么要杀害自己肚子里的孩子？当初听到夏清用伤感的语音讲这些事，巴黎的毛都竖了起来。

近了。巴黎看到河边围满了人，已经听到他们好奇而兴奋的声音。从树林一样的人腿里钻进去，巴黎叼着悠悠的裤带就往回跑。那个傻孩子，坐在地上吃一堆零食。巴黎看见了一只酱鸡腿。

巴黎不满地哼唧着，在一串惊愕的眼神注视下跑上了路。悠悠啊，智力没长，骨头还是长了的，叼起来不轻呢！

以前，巴黎这样叼过悠悠。经常叼。每当巴黎叼起悠悠的时候，他都特别安静，四肢软软地垂下来，脑袋也提溜着，顺便，再淌下一些哈喇子让巴黎解馋。可惜巴黎腾不出嘴去接那香甜的唾液，难免在喉咙里呜呜几声，怎么能捉弄巴黎呢？是不是？

巴黎这会儿很欣慰。幸亏以前就在做这样的游戏，从悠悠不满月到现在两岁，巴黎早练就了了得的嘴功。不过，不能再走县城中心了。巴黎很纳闷，你说狗疯了还不是见人就咬呢，他们怎么见狗就打？巴黎绕个大圈子，到一半路程的时候有点支持不住了，好像有虫子在啃它的骨头。

挨到家，那傻孩子已经睡着了。巴黎伸出舌头舔舔他的脸，汪汪叫着抬起爪子挠门。可惜，那扇红漆大门一直没打开。巴黎把头搭在台阶上，也睡了过去，比夏清结婚那天睡得还沉。

巴黎是被悠悠的小拳头捣醒的。悠悠专捣它的眼睛，没轻没重。巴黎不得不摇摇晃晃站了起来，它的眼睛糊了一层眼屎，看什么都像隔着毛玻璃。巴黎闻到了悠悠昨天啃的鸡腿味，伸出舌头，在悠悠的光脚上使劲舔起来。悠悠一年四季穿不住鞋。夏清走过来抱住巴黎的脖子，又把悠悠也揽过来，眼睛湿湿的。巴黎撒娇地呜呜几声，有点不太习惯，龇牙跑了出去。

巴黎！指挥家叫。巴黎没停下，说实话，它有点心虚。它不知道指挥家会不会把它煮了。再说，这个男人，也太蠢了吧，这种时候咱俩怎么能见面呢？巴黎欢快地跑向狗盆，那里有一堆骨头呢。巴黎汪汪叫了两声，算是回应，有什么事，回头再说！

巴黎！指挥家又叫。

巴黎不得不转过身，亲热地跑过去蹭蹭指挥家的裤腿。指挥家的大背头很乱，他捧起巴黎的长脸，没说话。

指挥家什么都没有说，目光从巴黎身上飘到了远处。那里有一株剑麻，窄窄的绿叶子里倒挂着几串白色的小花。但巴黎感觉指挥家没看花，他在看着一个巴黎看不到的地方，悠悠远远，没有尽头。巴黎伸出红舌头舔了舔他的手心，算是认了这个朋友，共同守着一个秘密。

谁没有秘密呢？比如它巴黎，没人知道它原来的主人是电影明星。因为它两天没吃饭，明星把它赏给了保姆。保姆又把它带回老家。巴黎就更吃不下东西了。要不是夏清，巴黎估计得死在那个绿色垃圾箱里，屈死。巴黎的祖先，可是世界上智商最高的狗啊！你看它那高大典雅的身架。

夏清还在外面抱着悠悠，一直不出声。指挥家走过去把夏清的头揽在胸口。那个女人已是一脸的眼泪。夏清盯着指挥家雪白的衣领说，再怎么，她也是孩子名誉上的奶奶。一条命，怎么能说丢就丢？

巴黎懒得听，摇摇尾巴去啃那堆骨头了。

还有一件事，估计连指挥家也没想到——他的精子竟然成活率低下。结婚多年，他们还没有孩子。巴黎相信，一定是圣母的慈悲，想让悠悠得到更多的爱。

悠悠的脸是泥土色的，挂着永远洗不净的痴呆。有一回，悠悠看着指挥家挥舞指挥棒，突然笑了。那年悠悠六岁，第一次笑。指挥家望着悠悠的脸，像是看到了泥巴里盛开的莲花，当即拉过儿子，要教他捉指挥棒。悠悠还真能学个一招半式，比起他平时的笨拙强了太多。如果不是指挥家后来去了乡下，说不定悠悠已经指挥得相当不错了。

今天，夏清在医院晕倒了，当年的指挥家心急火燎地从乡下赶了回来，要带走夏清和悠悠。巴黎拿不准，他会不会把自己也带走。毕竟，没人会喜欢仙人掌上的刺。

从指挥家一进门，巴黎的眼睛就没离开过他。

指挥家把夏清扶到卧室躺下，蚂蚁一样驮过来大包小包，把客厅整得像个候车室。然后，他就真的坐在沙发上等起了“车”，手里摆弄着那只折断的指挥棒，独自发笑。

笑什么呢？真是！巴黎咕哝一声，跑到夏清床前，卧在拖鞋上假寐。

夏清睡了整整一个下午。醒来后闭着眼没动。她想起下午接到的文件。那是盼望已久的东西啊。所有的一切，终于都结束了。当时夏清像长途跋涉的人挨着了床沿，长长舒一口气，就向后倒去。夏清看见飘落的花瓣，那么美的桃花，她想伸手去接，可惜抬不起胳膊……

　　这么脆弱。大概是老了啊。夏清坐起来，看见巴黎卧在拖鞋上，小东西真懂得享受。夏清伸出脚丫把巴黎赶走。指挥家进来以不容商议的姿态抱了抱夏清，宝贝，我们可以走了吗？

　　夏清茫然地望着指挥家头上的棒球帽——她还没来得及考虑下乡的事啊。夏清坐在床沿犹豫的时候，指挥家已经叫来了三轮车。

　　看来，只能提前休年假了。夏清摇摇头，你呀，就催命吧！又好奇地问，老吝啬鬼，你的"富康"哪儿去了？

　　指挥家笑说，那辆车，被林业局局长的小舅子借去了。

　　东西装完，夏清、悠悠、指挥家，挨个坐上了车，门砰的一声在巴黎面前关上了。巴黎蹲在地上一咧嘴，舌头就从龇着的长牙上掉下来——第 N 次被主人抛弃了。也或许，这样更好。梅妮！巴黎深情地唤一声，收起舌头朝着与三轮车相反的方向跑去。

　　巴黎还没拐弯，就听见指挥家在后边叫。

　　巴黎难过地望着指挥家走近，还想再告别一次吗？

　　指挥家把巴黎抱起来说，把你这小东西给忘了哈！

　　这样，指挥家和夏清坐两边，悠悠挤在中间。巴黎只好卧在悠悠腿上。真是讨厌，悠悠呼出的热气哈得巴黎鼻子直痒痒。

巴黎没弄清事情是怎么发生的。它在悠悠怀里，什么都看不到。回想起来是这样的，先是夏清一声尖叫，指挥家和夏清不约而同伸出胳膊紧紧把悠悠护在怀里。随后，就是剧烈的碰撞。还有片刻的静止，静得可怕。巴黎从悠悠的怀里跳出来，看见车上到处是血，那么多血……

那种浓烈的血腥味，巴黎一辈子都忘不了。

急救车呼啸而至，又呼啸而去。医院就在附近。下了车，悠悠摇摇摆摆地叫着，如同雷雨中走失的鸭子。

指挥家终于醒了。黄昏的光浮在病房里，犹如幽灵的蹼翼。他最先看到的是一只蓝底白花的水杯，左边的身子轻轻侧了侧。巴黎吃惊地叫了一声，指挥家慢慢转过头，脸色变得惨白。

医生把水杯放到指挥家嘴边，指挥家呆呆地没有反应，好大一会儿才摇摇头问，我爱人，和儿子怎么样？

你儿子只是皮外伤。当时你们的胳膊牢牢护着他，来医院费好大劲才掰开。一条狗也没事。医生说着望望巴黎，当初医院不让巴黎留在这里。

只是，你的胳膊已经碎了，不得不截掉。医生安慰指挥家，还好，是左臂。

我爱人，怎么样？指挥家望着医生，像个手足无措的孩子。巴黎又叫了一声，它听见自己的声音在病房里回荡。

尊夫人，失血过多……请节哀！

指挥家望着医生空洞的嘴，眼睛里，就什么都没有了，都飞远了。

在医院的两个月，指挥家看人的眼神，一直是空荡荡的，包括望着自己的父亲、母亲。

现在，夏清的母亲，指挥家的父亲和母亲，三位头发花白的老人坐在客厅里。他们到底也没回乡下。出院后，为了方便指挥家继续治疗，装假肢，他们留在了县城。

指挥家的庄园，一定挂桃了吧？巴黎想。

太阳每天都是一样的，但巴黎再听不到熟悉的拖鞋声了。老人们从早到晚喑哑的嗓音，像一张损坏的旧唱片，不知疲倦地转着，也割裂着指挥家脆弱的神经。他们一直想说服指挥家去装假肢。指挥家常会把一只布拖鞋掷到巴黎身上，或者路过的时候踢它一脚。巴黎总是呜呜走开，卧到远处把头放在爪子上，望着指挥家的空袖管发愁，这个人，怎么办呢？

与指挥家相反，自打出事那天起，悠悠倒好像开蒙了。九岁的孩子，终于懂得了悲伤，望着夏清微笑的黑白照片一直哭、一直哭，哭得天空阴沉沉的。

是的，灾难与鲜血的刺激让悠悠开蒙了。开了蒙的悠悠不再心甘情愿待在自己的房间，趁大家不注意，他就带着巴黎跑上街，去那个十字路口，风雨无阻。那里没有红绿灯，车却照样很多。悠悠站到路口中间，朝手心吐口唾沫，甩甩手望天。巴黎看见悠悠嘴唇翕动着，没有任何声音。悠悠自顾举起指挥棒，平视前方，那泥土般混沌的脸上，竟有着罕见的肃穆神情。好像面临着的不是人行车往，而是一大堆黑压压的观众。左，右，停……动作有模有样，不能不说悠悠在这方面是有天赋的。

　　然而让悠悠伤脑筋的是，路人常常无视他的存在。车该怎么过还怎么过，人该怎么走还怎么走。悠悠总是急得提着裤子乱叫，不能开，不能开快！先别走，有车！没办法，谁让他只是个傻孩子呢？大家都把他当作一个可笑的插曲，没人理会。直到有一天，那个十字路口再次被鲜血染红了。

　　那是一条怀孕的小母狗。之所以知道它怀了孕，是因为它已经蹭着地面的肚皮。巴黎看着它跑过来的时候还在想，那黄黄的毛发，真像梅妮。小母狗被一辆黑色的摩托碾到轮下，躺在那里静默成一个空泛的句号。而摩托车主人，只是略一停顿，骑上车就走了。

　　巴黎呆了有半分钟。然后，轻轻走上去，嗅着小母狗身上的血。不久，将会有四只或者五只毛茸茸的小家伙偎着她撒娇啊！那将是多么幸福的事！

　　有苍蝇飞过来了，巴黎站起来，它不能让苍蝇叮了怀孕的小母狗，和她的孩子。巴黎转着圈呜咽，哪位管管啊，不能让她和孩子这样躺着啊！

路人停下来互相询问，谁家的狗？

怎么跑到大街上来了？

是啊，可惜了，快下崽了。

人们轻描淡写地表达完他们的遗憾，就各忙各的了。继续人不让车，车不让人。不珍惜自己的生命，也不珍惜他人的生命。悠悠到底是悠悠，开了蒙他还是悠悠。悠悠怕血。巴黎没跟上，他就自顾回家了，垂着手，如同一只摇摆的鸭子。太阳像个漏气的氢气球，正慢慢落到楼顶，映着血迹就变成了紫色。两排梧桐也渐渐紫在同样紫色的天空。

巴黎不由得仰起头，叫了一声，或许，有微弱的抗议。

原载《广西文学》2010 年第 11 期

大风七天

4 月 28 日　晴转多云　东北风 4 ~ 5 级

病房楼背北朝南，汤春年和王国守着西墙根下棋。这不，汤春年马上要赢了，王国却迟迟不落子。他正专汪地瞅墙，一墙的爬山虎墨绿油亮，波涛汹涌。在这样的日子里，时间好像变得没那么重要似的。

汤春年最近总胃疼，又不能在当地住院，不，不是请假的事，是人的事。每回住院前呼后拥他怕了，怕闹也怕虚假。你想啊，住进医院的时候是单个的人，等出院了满车拉的都是礼品，不明摆着让人说闲话嘛。所以昨天进站，他趁乱甩掉了尚菲，躲到这家小医院一检查，果然胃里有出血点。说好听点是累的，说不好听就是喝酒喝的。在单位每天累得气都喘不匀，尚菲还调侃说，离了他单位就垮了。昨晚除去办公室的一个未接来电，其余九个电话、十条短信全是尚菲。看来一个人的失踪，最先受不了的绝不是单位。

营养餐厅送来了花卷馍、稀饭、炒鸡蛋，可惜医生让禁食，汤春年只能看。王国坐着裂了纹的袖珍小凳，一手抓仨馍，端着黄色塑料碗，咔咔咬两口馍，咕嘟咕嘟倒一气稀饭，再掰开嘴撂一筷子鸡蛋，吃得山呼海啸。他边吃边大声讲笑话，他还叫他老汤。老汤这个称呼还没人叫过，汤春年很新鲜。他一高兴，就没法再像平时那样板着脸了，带着粗粝的野性，他骂王国，你个狗东西，看看这吃相，哪儿像病人。

王国小时候双腿废了，在养老院待了几十年。入院那天，对面床上只薄薄摊开一床被子，要不是后来拱出那颗大脑袋，汤春年还以为是张空床。王国萎缩得只剩一颗大脑袋，娃娃身体拼贴了老者的脸，下身盘曲两根肉棍，只有小孩胳膊粗细。垫在畸形腿下面的是女人手掌大小同样畸形的脚，脚板朝外，正得意地冲他晃脚趾。汤春年当时就被逗乐了。

王国吃着说着，热得满头汗，抓下鸭舌帽看也不看，唰，准确无误甩到床上。乌漆墨黑的帽子飞出汤春年满腔豪气，忍不住抓起花卷馍，也学王国的样子咔咔咬了一口。

这可坏了，门口白影一闪，护士刘刘叫起来，夏医生，看看那个汤 11 床，吃得饿鬼样。嗒嗒嗒，端着治疗盘跑去告状了。

夏梁硕来病房扫了王国一眼，话却是对着汤春年，他警告说，盲目进食和活动都是大出血的诱因，拜托下回不敢吃了啊！又指指王国，你别跟他比，再吃吃不到端午的粽子了。

汤春年不明白怎么不能比，都是病人，他吃那么多，我才一小口。王国很不乐意做反面教材，故意把不锈钢茶杯碰到地上。夏梁硕摇摇头说了句什么，王国咔嗒咔嗒挪小凳，挪到夏梁硕跟前仰着大脑袋说，说啥哩，骂谁疯子哩？

不是疯子就别住院，啊，赶紧走吧。

俺不出院就不走，你有本事把俺拖出去！

刘刘跑过来拉着夏梁硕，连汤春年一块儿拉出去，说，你跟他计较早气死了，走，咱都走，让他跟墙闹。

夏梁硕摇摇头说，哪儿像个病人。

汤春年也说，嗯，是不像病人。他以前听尚菲说过，医院有一半病人是假的，装病休假、讹诈、套取医保农合资金，甚至躲债的都有。瞧那王国脖里的筋老粗，要不是残疾，比正常人还正常，就是人雇的也说不定。汤春年又说，太能吃，我看他也没病。

刘刘说，谁说他没病？汤春年说，那，夏医生好像赶他走，医生总不会赶病人吧。刘刘噘噘嘴，别说夏医生，我们消化内科全体不喜欢他。汤春年说，其实，他人不错。

那最好。你们都没陪护，有什么需要按铃，我随叫随到。刘刘穿着护士鞋，嗒嗒嗒消失在治疗室门口。

见汤春年回屋，王国又嚷起来，俺吃也没吃他哩，瞎咋呼。就吃，俺一会儿还吃！他举着小凳冲门外嚷。

少吃吧，他也是为咱好。刘刘既然说王国有病，汤春年就开始担心了，那人刚吃了那么多！

王国说，别理他，走，老汤，外头悠悠，破医院圈死人了。说着就往病房门口"走"，右手抓小凳往前挪一"步"，左手握左脚跟一步，再拖拽上右脚，这样整个人就蹲着往前走了一步。

每每见他走路，汤春年就想起村头池塘里的大青蛙——苍茫的褐色青蛙。王国回头冲他眨巴眨巴眼，挪回来把小凳往屁股底下一塞，鼓着眼珠子看他，好像在说，想啥哩，咋不动窝呢？

汤春年意识到失态，忙说，你这身手，好人似的。

王国笑得高亢，哈哈！好人？俺病得不轻哩。

什么病？

肝子病，不过老汤你别怕，俺的病不传染，哈哈！

说说笑笑来到大门口，如果知道后来发生的事，汤春年怎么也不会跟着他迈过那道电子门。当时他还问王国，随便离开，医生不找麻烦？

王国扶着小凳磨着胯"走"得欢，头也不回说，嗨！一个大活人要走，谁个拦得住咧！只管走啵！

出门右拐就是小吃街，卖烧饼扯烩面的、烤羊肉串炒米粉的，还有烧鸡、鱿鱼、麻辣烫，王国当真还要吃。

汤春年暗自心惊，这人顾嘴不顾命，忙劝说，有禽流感，不能乱吃，回吧！

回去？王国鼓起大眼珠子，俺想喝两盅还没找着肥肠哩！啥东西禽流感，乖乖，你这人咋这熊样哩！

天儿凉，等你好了我请客。汤春年说完转身就走。

王国只得跟上来，咔嗒，咔嗒，操，城里人就是脆，鸡蛋捏的，跟俺们不一个天。

往回顶风，风卷着塑料袋、卫生纸唰唰往脸上扑。有东西直接盖眼睛上，汤春年揪下一看，是张硕大的圆形方孔纸钱。把它扔出去，风又顶回来，再扔出去又顶回来，调戏地贴在脸上、腿上，有更多纸钱从院墙那边飞过来。小吃街与医院太平间一墙之隔，冥物也闻着了香味。汤春年捂着口鼻，奋力钻出人群，却不见了王国。

他大口喘着气，吐出一嘴渣尘。

4月29日　晴　北风5～6级

因为王国丢失，医院炸开了锅，老院长亲自批示，必须把人找回来。夏梁硕奉命带人寻找，汤春年也要求跟着。院内院外、商场、饭店、小吃街，到处找遍了，没有。司机忽然说，会不会回养老院了？便又掉头向东。

养老院十几个老人排着队挤在墙根下，正笼着手晒太阳。一下车，风直往喉咙里灌，呛得人出不来气。夏梁硕就冲老人喊，快进去，这么大风晒什么太阳啊！老人们纹丝不动，估计平时晒惯了，吃过饭就坐这儿晒，一坐一整天，如果进屋，或许都不知该干啥。

一位老人头前带路，绕过半截烂砖墙，在第二排平房停下喊，拐（国）！有人找咧，拐！

一下喊出仨老人，都不是王国。

王国在屋里收拾棉衣，坐床上，看见他们连声打招呼，哈哈哈，小夏本事大咧，找这儿来哩。

夏梁硕青着脸说，好你，私自离院，出了意外谁负责！

王国嘿嘿一笑，说，能出啥意外咧，俺拿袄，拿袄，天冷呐，老天爷变天，赶上俺住院。老汤，给你件披上啵。说着扔给汤春年。一股霉味扑面而来，汤春年赶紧接着。

王国从床头抽出袖珍小凳，上半身朝下撑着右手，左胳膊按床，两条腿轮番抽了抽，人已经蹲在了地上。汤春年都没看清他怎么下来的。

走，回医院。夏梁硕不由分说，上前弯腰抱起王国就走。

5月1日　小雨　北风6~7级

汤春年往下翻，电话少了：小陶一个电话，尚菲两条短信，仍问他在哪儿，为什么离开，为什么不接电话，最后骂他是蠢猪。

生气了好哇，生气就不会来烦他了，这时候汤春年不希

望任何人烦。小地方的医院，住着真清净。这些日子，他不
单跟王国学会了粗口大声没教养地笑，还学会了在路旁撒
尿，跟以前噤若寒蝉的日子比，简直恣意，恣意得他都忘了
自己是谁，忘了还有病。

可惜王国又疼起来，疼得抱肚子撞墙打滚，再顾不上胡
咧咧。护士过来打了一针，才安生。王国睡了屋里就静了，
只有窗外的风在虚张声势，似乎要掳去些什么。这几天风
怪，没有固定风向和级别，一会儿朝南一会儿朝西，忽而静
止忽而躁动。躁动的时候风就不是风了，是涌动的海浪，海
浪冲刷着粗大的树枝，一波又一波，朝同一个方向朝拜。气
温一下从十多摄氏度掉到了零摄氏度，人们老老实实重新缩
回屋里。汤春年也不出门，把床摇起来，仰躺下去看风景，
看窗外的大风，看脏污和纸钱飞翔其中的昏黄的天空。

王国整个下午都没动窝，死了一样，但被子还在缓缓升
起、落下，那是代表生命的呼吸。汤春年不明白，是什么，
让这萎缩的身体酝酿出足够的能量，活得如此嚣张。

天气预报 6~7 级大风，听着后半夜树枝阵阵折断，估
摸着怎么也有 8 级。黑暗中窗户掀得哐哐响，像劈头盖脸的
耳光，汤春年睡不着。王国忽然开口说话了，鬼天，不是好
兆头哩，要下雨咧。果真就下雨，噼里啪啦，谁在扔石子。
天快亮的时候汤春年才偷空回了趟老家，土坯房、茅草屋，
牛羊猪狗都排着队飘浮在半空，像一道怪诞的彩虹。"彩
虹"在头顶缓缓移动，低得触手可及。邻家大婶蒸的药馍

头，好多紫色馒头堆成了小山，蒸笼上冒出滚滚黑烟，很快就把动物彩虹淹没了。

汤春年大叫，我家的牛！

王国早醒了，半躺着说，做梦啦？语气疲乏。听汤春年讲完怪梦，他眯眼掐指一算，说，牛羊代表被禁锢的善，紫馒头、蒸笼和黑烟代表恶。老汤，你在跟良心做对哩。王国一反常态，像个老学究。

想起平日里的作为，汤春年心虚，歪歪嘴，把话题岔开，嗯，有烟吗？

王国摸摸口袋来了精神，说，哼哈哈，阎王爷不嫌鬼瘦，找俺要烟哩。走，买去啵！一不疼，王国又是王国了。汤春年怕出事，还在犹豫要不要请示医生，他已手脚并用下了床，握着袖珍小凳，青蛙一样蹲地上等着他了。

外边黄尘遍布，大风嘶吼，人几乎被推着走。汤春年脚不沾地，根本没法停下，一直被动地跑跑跑，跑得没了主心骨要飞要飘，要被卷走。他怕了，用力往后缩。路旁的芭蕉和杨树被飓风接连抽打，树干倾斜、枝叶拳缩，要连根拔起了；谁的红色三轮没上锁刮跑了；排列整齐的自行车多米诺骨牌一样刮倒了；楼上的花瓶掉了，哗哗啦啦砸出巨大声响；还有谁用过的卫生巾，挂在栏杆上呜咽；楼房、平房，包括水塔都灌了酒，在大风里摇晃，世界要塌了。

后来，说的是后来，汤春年都没看清热水器怎么掉下来的，只记得半空飞来一团黑影，他赶紧往后躲，边躲边喊，王国，快跑！又没顾上想王国是不是能跑。

　　据说，太阳能热水器是从一幢三层小楼上掉下来的，汤春年躲过一劫，伤得不重。由于王国蹲着，热水器擦着右耳，结结实实砸在了脚上，小拇指没保住。

　　怎么把我也弄来了？汤春年问。

　　王国说，你事不大，可胃又出血了，小夏说咱俩在重症室观察两天转普通病房。

　　汤春年松了口气，哦，你怎么样？

　　王国说，俺？呵呵，俺癌咧。肝癌，躲得了初一躲不过十五。

　　屋里好一阵沉默，只有监护的滴滴声。

　　汤春年心里仿佛揳进去一把铁钉，不知怎么安慰他才好，不过看样子，他好像也不需要安慰。

　　又一辆救护车鸣啦鸣啦开回来，汤春年伤感地说，你说，这是个什么病？能不能救活？

　　王国说，嗨，别矫情啦，没听说吗，救护车一响，一头牛白养！哼！他们不是救苦救难的观音奶奶，挣哩就是命钱咧。

　　你跟医生有仇啊？大家都不容易，嗯，夜里又不能睡。汤春年想起头天夜里的刘刘，十七八岁的小姑娘，困得流泪还硬撑着守护士站。

5月3日　小雨转多云　北风5～6级，阵风7级

　　两天后，他们从监护室出来了。小楼居民谁也不承认热水器是自家的。养老院说，在医院住院期间出的事由医院负责。他们还招来记者。老院长当记者面把王国和汤春年的费用免了，临走，又塞给记者一个大红包。

　　一大早王国就说肚子胀，不得劲，后来大便在床上，带血。他一直烦躁，输上液打了针，才又睡过去。这两天总体他是安静的。

　　夏梁硕说，如果不这么折腾，他还可以多活几年。他太能折腾了，不让吃偏吃，不让喝偏喝，他喝酒你知道吗？住进来当天就端着锅去医务室告状，说医院伙食差，科室不让开小灶；没事乱按呼叫器，折腾护士来回跑；做艾灸，人家躺着他要坐着；哪怕朝墙上吐痰你也不能批评，声音大了他说态度不好，要投诉，医院来调查满意度他肯定不说好话。他就喜欢折腾。他糊涂你也跟着闹，住院还抽什么烟？

　　是啊，汤春年暗自懊悔，住院还抽什么烟呢。

　　液体输一半，王国吐血了，烂肉样的血块乌紫腥臭。护士端出来的黑色大便，就像抹了油的羊屎蛋。他扎了两路通道，一路输液一路输血，滴管里白色红色的液体追命似的滴。医生护士进来很少说话，即便说也小声。飓风不停抽打在窗户上，抽打一屋子的默然。只有王国嘶嘶啦啦的喘息，喘得人心惊。

　　王国身上到处都是管子，灰的、红的、白的、绿的，仿佛外星人。医生护士不停跑来跑去，换液体、做检查、记录签字，听到心电监护报警，麻利地推来抢救车抢救一阵。

　　汤春年问，为什么不送监护室？

　　夏梁硕说，监护室没有床位，医院刚接收一批发热病人，怀疑 H1N1 甲型流感。

　　汤春年也听说了 H1N1，就是禽流感，他问，这病厉害？

　　夏梁硕说，不用谈禽流感色变，人和人不传染，目前没听说谁吃鸡染上病。这个病毒太菜，加热、干燥都可以灭活，只要勤洗手、通风、多晒太阳、锻炼身体、鸡肉蛋类煮熟，没有大问题。

　　汤春年百无聊赖，把烟头扔到刘刘脚边，又是一顿训。王国说得没错，他们动不动就训人。汤春年没理她，专心看窗外。大门口果然多了把门的，负责测体温、发口罩。旁边的开水桶免费向病人、工作人员提供抗病毒饮料，据说能增强免疫力。医生护士上下班都会走过去喝上一小杯。刘刘也端来让他们喝了，没有想象中汤药的苦涩。

　　这个春天魔鬼附身，气温一降再降，发狠要把人拽回冬天。高低不同的楼层在灰白的天空嘶嘶吐寒气。汤春年又看见了飘浮的牛羊、骆驼，但是没人给他解梦了。

　　天亮的时候，王国又一次闯过了鬼门关，精神大好，让汤春年从床下拽出铝锅说，去，老汤，帮俺搞点送养老院，那群老东西，保准没人管咧。哈哈，俺临死的人还管他们的

破事。汤春年很高兴，嗯，你就操心的命，阎王舍不得你
死。

汤春年端着铝锅下楼，人人都戴着口罩。大风穿堂而
过，几乎把人刮倒。看见汤春年，守门人忙堵住水桶，说只
让现场喝不打包。僵持一会儿，汤春年放弃了，守门人接着
跟家属聊天。他们的谈话伴随风的哨音，让汤春年感觉到了
紧张。他们在谈论 H1N1，说某某珠海的亲戚每天出入海关
都要填写健康报告，说彤城某养鸽户活埋了十万只卖不出去
的鸽子，死的还有人，据说已死了上万人。想必就是这几天
大风，把墨西哥流行的病毒吹到了中国，吹到了内地，吹到
了他们市。这风吹得整个医院人心惶惶，就连王国也叹气
了。汤春年烦乱地塞上耳机，手机里只有 1 号的短信：孩子
发烧了，怕是 H1N1。想起女儿水嫩的脸，汤春年差点没忍
住，但还是关了机，相信尚菲在医院工作多年，耳濡目染，
不会耽误孩子。

5月5日　多云　东南风2~3级

气温略有回升，风小了，太阳刚露脸，又装进了毛玻
璃，天空堆满了破棉絮样的脏云。

王国只好了一天，接着不停吐血，大口大口地吐。那萎
缩的身体竟蕴藏了那么多血，床上、地上，到处弥散着浓浓
的血腥。王国贴在床上，脸白得像纸，大脑袋越发显得突

兀。医生下病危通知，联系不上亲属。一个侄子刚接通电话
就挂了，养老院的工作人员来了又走了。王国时而清醒时而
迷糊。清醒的时候嘴硬，一个劲说，抢着说，生怕以后说不
成了似的，艰难地说了两天两夜。汤春年没见过生命力这么
旺、表达欲望这么强的人。守着不愿放弃说话的王国，他一
刻不得安宁，疲惫到极点，又莫名地恐惧。

　　最后那一天王国回光返照般亢奋，又呱呱说一宿，语音
越来越弱。他断断续续说梦，说他也梦见了馒头，说漫山的
馒头金黄金黄，香气扑鼻哩。汤春年困得不行，仍不得睡。
王国居然手脚并用爬下了床，笨拙地掉地上，脸憋得青紫。
汤春年要按呼叫器，被他拉住裤脚，让搬出床下的方便面纸
箱，面粉，发酵粉，还有一只电炉。他说他小时候害了一场
怪病，腿废了，在养老院待了几十年，啥饭都会做，要让汤
春年尝尝他做的馍馍。

　　汤春年很恼火，都什么时候了还做馍。他不解地说，你
勤快，也懂事，为什么总找医院麻烦呢？你明知道，这时候
不能再折腾了。

　　王国说，呵呵，俺呀，俺不浑，知道夏医生、刘护士都
顶恩实，他竖起大拇指晃了晃，俺怕他们记不住俺王国的名
字，总 10 床 10 床地喊，折腾他们几下……死了他们记得清
哩。

　　汤春年看见王国滴下两滴泪，只有两滴泪，马上就抽搐
着脸，止住了。汤春年喉头一阵酸，搓搓脸，半天无语。

发好面，王国坐着歇息，然后撑着小凳上床，几次都要掉下来。汤春年每每帮他，都被挡开。

他靠着床头喘，喘着还要说，好啦，晌午……就能吃上俺蒸的馍馍咧。哎，俺捎带，也做个饱鬼！

你还吃！

吃，人活一世，咋着……不能亏了嘴！俺……俺给你说个事啵……王国眨巴眨巴眼，突然卡了壳，左手痉挛地撸脖子，右手在空中挖了一下，垂下头去。那硕大的脑袋像秋天里的最后一个干葫芦，永远挂在了墙上。

望着王国突出的眼珠，汤春年不知道他最后想说的是什么。他被赶到窗外，第一次孤身经历了死亡。他孩子似的紧咬拳头，眼睁睁看着白单盖上王国的身体。

王国彻底瘪了。

起风了，汤春年脑海里大片白单飘舞；

风停了，路面吹得干干净净；

树叶偶尔抖动，发吆挣一样疲软无力。

汤春年伸出小指，碾死了一只爬窗台的蚂蚁，喃喃自语，就这么没了？太容易了。他歪着嘴，梦游一样在病房里走来走去，打开手机，没有任何来电短信。

孤寡老人王国生前没陪护没探视没家属，死了却突然有了亲人。侄子、侄女、外甥女，居然很壮观的一群，像从地底下冒出来一样迅速充塞了整个病房。那位亲侄子哭着说，他是我亲大爷啊！

那么他们就都是王国的血亲。血亲把尸体堵到大厅门口，摆上花圈桌椅，切断了整个通道。外面的进不来，里边的出不去，病人、家属、职工急得跺脚转圈。血亲们说王国死得不明白，说他走失过，被热水器砸伤过，要替他讨说法。尽管医院一再强调他们没有监护权，质问他们为什么生前不照顾把他送养老院，现在反来讨说法，血亲们仍围着不让尸体入太平间。血亲们商量给来人发工资，五十不行，流感爆发谁也不想往医院跑，得涨。最后商定，老人一天一百，年轻人一百五，抱院长腿给二百，动手打人就是四百。

皱纹干枯的老院长干了一辈子，深受其害，平时不敢戴胸卡，生怕被人抱腿栽了葱。这一回他却没有退缩，身着白衣，端端正正带着胸卡。老院长仙风道骨的气势暂时压制了血亲的暴动。但是他们很快又喊来一拨人，提刀拿棒冲进医院，见白大褂就砍。

乱了套了，乱了套了！汤春年抖着心，从楼上俯瞰，大片白花花的口罩像电影里的细菌战。夏梁硕机警地脱掉白大褂，跑来告诉汤春年，赶紧离开病房。汤春年说，他们不打病人。夏梁硕拍拍他的肩，匆匆下楼，从暴动的人群里穿行而过，果然没人知道他是医生。汤春年突然感到悲哀：今天禽流感肆虐，今天他们只打白大褂。

四五个汉子捉着皱纹干枯的老院长，强摁下去跪在尸体旁磕头。老院长仰面朝天、涕泪横流，被迫磕了一个又一个响头，银发散了，白大衣污了，扣子掉了，一双苍老的眼却越发明亮了。

暴动的人群跟警察整整僵持了四个小时，医院遍布碎裂的灯管和仪器。县里迅速成立巡逻防暴队，二十四小时守护。上班的医生护士除了口罩还戴上了头盔，包括刘刘，也套着墨绿色头盔。那陌生的铠甲模样，也让汤春年悲哀。

如果王国地下有知，他会让血亲们如此对待"恩实"人吗？

5月6日　多云转晴　微风，无持续风向

大风结束，天晴了。经县领导协调，医院赔给王国亲属十六万，尸体拉走。亲侄子买了乌黑发亮的骨灰盒，古色古香。缩小的宫殿镂空雕花，汤春年分明看见王国在里面站了起来，他高兴地说着话，手舞足蹈。

他突然想起揳着弯曲铁钉的裂纹小木凳，王国睡觉当枕头，走路当手杖，休息当座椅，一刻都离不了。汤春年在狼藉里到处翻找，最后，抓出小凳追到外边。外边阳光灿烂，白手巾没走远，一路放着鞭炮抛撒纸钱。朵朵纸钱在太阳底下开出黄色的花，鲜艳得很假。

5月7日　晴　微风，无持续风向

"亲侄子"又来了。他说赔偿金被医闹支走十二万四千元，剩下的钱不够安葬。

皱纹干枯的老院长躺病床上气笑了，他拔掉氧气管，无奈地挥挥手，给他，给他，让他走吧。我们耗不起。

汤春年看看手机，仍是空白，他们当真忘了他。亲人呐，死亡和遗忘，到底哪个更容易？

经过一场摧枯拉朽的大风，春的气息死灰复燃，爬墙虎继续蔓延绿，阳光混着油菜花的香远远飘过来，唤醒汤春年沉睡的嗅觉。他想蒸馍馍了。

当然，只能吃一点，一点点对王国的交代。

馒头很香。

拐（国）大哥，俺吃上你的馍馍咧。汤春年被自己的口音吓了一跳，旋即歪歪嘴，没有笑出来。

他们还是找来了，人人戴着口罩，嗡嗡说话。他们说，汤局，单位乱了套啦！汤局您还好吧？秘书小陶贴过来嗡嗡地说，如果再找不到你，单位要报失踪了。又凑到汤春年耳边小声模糊不清地说，有人已经开始行动，为了可能要空出的副局长位子。汤春年心头一漾，风起波纹，又迅速平复。

尚菲眼含热泪走过来，她没有戴口罩。汤春年问，开心怎么样？

尚菲说，她没事，只是普通感冒。

嗯，没事就好。随着一声嗯，汤春年紧绷多日的神经彻底放松，软软倒下去。他已经被王国折腾得三天三夜没合眼了。

尚菲趔趄着抱住他说，我在省医院上班，你却跑这么远的小医院住院，连招呼都不打，你玩够了没有？玩够了跟我回家。

我实在是，厌恶那种病房里的溜须拍马，围追堵截，小地方怎么了……干净。这话，汤春年在心里说的，他没能再站起来。最后一小口馍馍，似乎决意要了他的命。

术后，汤春年虚弱得说不出话。小医院条件到底不如人意，同僚们不放心，坚持要他回去做后续治疗。救护车后盖张开大嘴，他们忙乱地往那张嘴里填塞东西，又把汤春年装上担架，抬起来，那么多口罩簇拥着，行尸走肉一般。汤春年仰面朝天，看天上悠闲的云朵、村庄和牛羊，它们安逸地飘在半空，也静静回望他。

可惜，没有人叫他老汤。

原载《特区文学》2013 年第 6 期

挂钩上的白大衣

　　徐利明的梦想从来不是做医生，可他的尴尬人生就像一张捡来的 CD，播放的都是别人选好的歌曲。自从十九岁那年遵从母亲遗愿穿上白大衣，他就离梦想越来越远了。但是在内心深处，徐利明却常常幻想科室里的医用导电糊，能挤出一种修正液，可以拿来修改人生——比如，夜晚坐在花厅穿着睡袍敲打键盘，而不是每天穿着白大衣，面对数不清的病人。

　　修正液的事大耕说起过，在法国，确实有这么一种根据人的性格和心理暗示研制出的新产品，可以用来干扰命运。但至今八年过去了，徐利明连修正液的样子都没见过，他还是彤城医院心内科的徐医生，每天按部就班地看病，取下挂钩上的白大衣，戴听诊器，然后跟主任查房问病历。那张帅气的脸在白大衣的衬托下越发英气逼人，但是只有他自己知道，此刻，潜伏在骨子里的恐惧已经蠢蠢欲动了。

　　徐利明害怕他的职业，怕用错药写错处方，怕误诊病人，更怕由于疏忽或愚钝导致患者死亡。这种怕没有随医龄增长而消失，反而日益加重。不过，所有的医生不都是越老越胆小吗？换好听的说法，叫谨小慎微。

还是说说徐利明的工作吧。

五月十一日清晨，徐利明跟往常一样，取下挂钩上的白大衣，开始了新一天的工作。不一样的事发生在走进办公室之前，我们把时间往后推一推，推到早上七点。

早七点

徐利明一手拿八宝粥，一手打开电脑，邮箱里 0 封未读邮件，QQ 跳出大耕的留言，小猪头像闪动着说，订购的 CD 修正液到了，注意查收。真是想啥啥来，徐利明乐了，喝完最后一口粥，回复了个笑脸——谁知道这家伙是不是又在拿他开玩笑。

蓝茵河连日降雨，浑浊而膨胀，拱形桥在河面上佝偻着身子，垂柳垂着脑袋。垂柳外侧是狭窄的文明路，路上塞满了人。徐利明又拧下半圈手把，还是跑不起来。前面一辆黑色摩托，后座上是个穿校裙的小女孩，手里玩着棒棒糖，一点都不着急。他们一起缓缓移动，过减速带的时候棒棒糖掉了，像只逃亡的卡通叹号，落在徐利明眼前。

爸爸，糖！女孩要下来捡。

徐利明猛拍了一下车把，停下等。这时，后边的电动车却没有刹住闸，醉酒似的撞了过来，避开了徐利明，却没有避开捡糖的女孩。

女孩父亲破口大骂，瞎眼啦看不见有孩子啊！

车主是个四十多岁的女人，扶着腰站起来，抹抹身上的泥水，支叉着两只脏手说，你骂谁呢？

就骂你。

正值上班高峰，后边的人越聚越多，高低不平的喇叭声响成一片。七点五十分，文明路开始拥堵了。徐利明恨不能像武林高手那样踩着这些脑壳飞过去。

青天白日的讲理不？明明你无故停车。女人继续抹泥星。

你瞎啦还是聋了，不知道有孩子啊！

怎么说话呢，什么素质？

别说素质，拿医药费还是去医院，二选一。

这么着，很快就缠不清了，文雅的女人最后也发了飙。

早八点

知识分子发飙是一件了不得的事，毫无悬念的，徐利明迟到了。

推门的时候徐利明用了点力，咣的一声响，大家已开始早会，都回头看他。主任接着讲话，我们正处在"转变作风，优化环境"活动的初期，上面要抓典型，是吧，好的典型，坏的典型，都要抓。小徐，你扣除当月奖金。

路上堵了。

谁没堵过？嗯？为什么人家没迟到就你迟到？

当着那么多人。徐利明挺憋屈。大家跟主任去查房，他转身收了个快递，两张 CD，还有一个跟珍视明滴眼液差不多的蓝色小瓶。他把它们随手丢进白大衣口袋，拿起血压计。再有情绪，血压还是得测，特别是危重病人，每个科室，总有那么一两个毛躁护士让你没法放心。他习惯了自己亲自把关。女友艾艾也是护士，不在同一家医院，单眼皮，黄卷发，对待爱情就像她的发卷一样大胆而羞涩。徐利明昨天拿到了新房钥匙，还没来得及告诉她，想想就振奋，明天 5·12 护士节，他准备实施一次总攻。说出来没人相信，交往了两个月，由于他们俩不对班，在一起的时候很少，到目前为止，他还没吻过她。

徐利明意识到自己走神了，在走廊里静了几秒钟。

查完房，回到办公室，有个老太太已经等着了，头发雪白，看见徐利明说，医生，我们住院，看东西都带齐了，呵呵。说着拍拍旁边的花包裹。

哪儿不舒服？徐利明问，把听诊器放在老人胸口。

室上性……老人扭头问身后的青年，快告诉他叫啥，嘿嘿，我记不得了。

青年高瘦黝黑，显得有些驼，让人想起永远不会开口说话的胡杨。"胡杨"在包里翻了半天，摸出一张皱巴巴的心电图，说，室上性——心动过速。

徐利明说，老人年龄大了，不建议手术。发作的时候服点药。

我奶——不爱吃药。小伙挠头。

老太太说，药忒难吃。先前吧，钢柱总变着法哄我吃药，后来看我咽不下，就吵吵着要我做手术。开始我也怕哩，一辈子没动过刀。后来吧，看他着急我也心疼，这孩子一着急说不出话儿，整天不说话儿，我就答应了。呵呵！

是哩，做吧。她不吃药。钢柱又说。

徐利明沉吟半晌，最后掌心一扣说，那好，我们联系会诊，采取射频消融。微创对您比较合适。

老人和钢柱面面相觑，微创？

待会儿我再详细解释。

去问病史，钢柱不在，徐利明问老太太，您孙子呢？

出去买瓜了，这孩子孝顺，知道我爱吃西瓜，嘿嘿。

徐利明看着老太太也挺明白，就说，是这样，我问一下情况，照实回答就行。

问吧。老人在床边坐下。

以前得过什么病没有，像肝炎、结核？

没有，顶多咳嗽两声，喝点葱根就好了。

献过血输过血吗？

呵呵，没有。

用药吃东西有过敏吗？

没有嘛，刚说过了，都没有。

病史询问有条不紊地进行，主任的高声忽然在走廊里响起，我出去开两天会，大家都自觉一点，啊，别跟徐利明一道往风口浪尖上撞！

这话说的。徐利明问不下去了。

他心里愤愤的，不就是迟到了吗，谁还没迟到过。

他顿了顿，接着问个人史、婚姻史、家族史。

老人打开了话匣子，拍拍床沿让他坐。我跟你说啊徐医生，钢柱命独，爹妈哥哥老早不在了，是我一个人把他招呼大的。我那身子骨，壮得很。呵呵！放心吧，我没事。

老人一直瘪着没牙的嘴乐，搁往常，徐利明或许会坐下来聊一聊。但这会儿他憋着火呢，没情绪，该问的也问得差不多了，便合上本子说，好了李奶奶，先休息着，待会输液。

九点钟

徐利明到休息室抽了一根烟。

休息室说白了就是避难所，谁都可以有情绪，唯独医生护士不能，工作对象特殊，有情绪只能自己消化。徐利明望着窗外的雨，雾腾腾的，像极了艾艾的眼。徐利明十分后悔，上次闹别扭，为什么不答应陪她呢？

外面忽然一阵骚乱，跑进来的护士说，徐医生，李玉梅休克了!

徐利明抓起听诊器，跟出去。

护士推着抢救车嘴里咕咕噜噜报告说，像药物过敏，我已经换掉了液体……

赶到病房老太太已经昏迷，一头一脸湿冷的汗，脉搏摸不到。徐利明果断地解开她的衣领裤带，开始心肺复苏，一边下口头医嘱，吸氧，肾上腺素一毫克皮下注射。

吸氧，肾上腺素一毫克皮下注射! 护士一面复述，一面抽吸药品。

又赶来几个护士，在徐利明的指挥下，围着病床就地抢救。

心肺复苏。开瓶。加药。推注。静滴。一时间只听到些医嘱碎片，夹杂着玻璃破碎声，在房间里此起彼伏。

波啦……嚓……肾上腺素……百分之五至百分之十糖水……波啦……嚓……地塞米松十毫克……静脉……咽后壁注射地塞米松两毫克，气管切开。徐利明戴上橡胶手套。

钢柱抱着西瓜回来了，他慌慌张张挤进来，他抱着西瓜转了个圈，疑惑地望着众人说，这么多人，你们……

他哆哆嗦嗦地对徐利明说，不能哪! 我听见你刚才说，地塞米松，她……过敏。她对地塞米松过敏。

转脸又发现奶奶不对，钢柱扔掉西瓜，冲床上喊，奶奶……咋了，啊?!

摔掉的西瓜在地上流出一摊"血"，徐利明闻到浓重的血腥气。

地米是抗过敏药，她对地米过敏。一屋子人都傻了。

护士悄悄把空输液瓶收到抢救车下层，钢柱盯着她的手说，是不是，已经用了？

大家都望着徐利明，不说话。

钢柱的眼睛像胡杨身上长出的刺，盯着徐利明说，刚才她还说笑话儿。

徐利明回避着钢柱的目光，示意收拾抢救器械。

钢柱一屁股坐在地板上，蹬着腿，半天才憋过一口气，说，不能停，救，救呀你们！

徐利明叹口气，放下听诊器，继续心肺复苏。

护士替他擦着额头上的汗，提醒说，徐医生……差不多了。

徐利明只是固执地按压。

钢柱站起来，展开猿猴一样的长臂拦住抢救推车，你到底用的啥药？

护士摘下口罩说，你冷静一下，都是一些平常药……地米，是抗过敏。老人辞世，我们也很难过，但是她心脏病……

钢柱从小车下层拿出瓶子，上面赫然写着百分之五 GS（葡萄糖），地塞米松二十毫克。

谁开的药？钢柱问。

好长一阵缄默。

徐利明心里很乱，直到这时，他也没想明白，为什么没有再核实病史。按往常，既往史、过敏史他都会再跟家属核对一遍。

是棒棒糖，是堵车，还是主任？

谁开的药！

徐利明抬头，钢柱已逼到眼前，他绕过钢柱，心想，糖不掉就好了。

钢柱固执地跟到走廊，又竖到徐利明面前，接着问，你开的药？

徐利明再度绕开。一根食指突然直通通戳向他的鼻尖，伴着颗颗冷硬的口水。

徐利明震惊了，他听不清对方说些什么，无奈地解释，我问过她，她说没有过药物过敏。

她八十了。

她很清醒。我真的问过她了。

她八十了！

徐利明皱着眉，她说不过敏，从来不生病。

你咋不问我？她八十了。钢柱的眼珠子咯噔咯噔爆出来，你见过一辈子不病的人？

徐利明的火呼地蹿了上来，去他的涵养。他飞快地说，我去的时候你不在，你不在懂不懂，谁愿意出事，啊，你以为我乐意？这鬼日子，我从来都……徐利明越说越快，双手在眼前比画着，张开，抓合，再张开，再抓合。

面对滔滔不绝的徐利明，钢柱一句话插不上，他张大嘴巴，嘴唇抽搐着，突然抬手狠推了徐利明一把。

保安跑进来的时候，看见一个沾满西瓜汁的咖啡色身影把徐利明推倒了。徐利明倒退两步，歪倒在旁边的椅子上。徐利明胸口凿开了小溪，他听见小溪哗啦哗啦淌，低下头，一朵大红花正在白大衣胸口盛开。

一瓣，两瓣……

一层，两层……

多少年没戴大红花了。徐利明自豪地抬起头，像幼儿园大班合影一样，戴着大红花，昂首站在第一排。

艾艾跑来了，她一定是来道歉的。这女孩，表面上霸道，其实是个好丫头。她一定后悔了，后悔嘲笑他胆小，后悔逼着他下夜班陪她玩，在遭到拒绝后还使小性子。可不嘛，他都已经告诉她了，医生一举一动都关乎生命，必须保持足够睡眠，精力充沛……这不叫偷懒。

艾艾哭着跑过来。徐利明从口袋里摸出新房钥匙，举着。猛然想起，5·12也是汶川地震的日子，它本来就不是好日子。

钥匙落地。同时掉地上的还有一个蓝色小药瓶。

徐利明模糊看见钢柱诧异的脸，他手里握着刀。这条不叫的狗，下死劲把人"推"给阎王呢。徐利明还看见他的同事，一群白大衣、燕尾帽，像往常抢救其他危重病人一样，迅速跑来了。

徐利明终于不再害怕了。现在，害怕的是他们。他们一定想不明白，他为什么不把伤口堵上。徐利明得意地扯了扯嘴角，晃晃脑袋，垂下头去。

十一点

艾艾拿着蓝色小瓶，还有两张 CD。修正液的事徐利明说过，发短信当笑话说的。她看了小瓶上的说明：

1.学生用于修改错字；

2.用于改善 CD 音质；

3.结合配套 CD，涂抹于听宫穴（耳屏前方），有修改人生之功效。

艾艾摇摇头，心想，法国人什么时候也学会了幽默。

一个小时过去了，徐利明还没有从手术室出来。艾艾又看一遍说明，这次她没笑。她找到心电图室，让徐利明朋友帮忙把 CD 放进光驱，一边把修正液均匀地涂抹在头上的听宫穴。神奇的事情就这么发生了。随着一股清凉钻进脑髓，同样清凉的曲子在耳畔流了出来。艾艾看见月光下大片的荷塘，还闻到了荷香。最大的那朵荷花像一片粉色的羽毛，托着透明的胎儿。胎儿望着她，调皮地翻了个身，被脐带顺势缠住了脖子。有一双手，捉住它转了两圈才得以解脱。她还听到半空中传来婴儿的哭泣，咯咯欢笑。

朋友见艾艾神情异常，只当她受了刺激，一路跟着走到院门口，问，你去哪儿？

我去拿徐利明的换洗衣服，看样子得住几天。艾艾像谈论吃饭喝水一样。

天放晴了，河水重新清亮，绸子一样闪烁着太阳的反光，岸边点缀着白色粉色的星星花。两只燕子站在屋顶，尖嘴拔着羽毛，抖抖翅膀，划出两道黑色弧线，唧呀呀叫着飞远了。文明路不分快慢道，艾艾骑着自行车，前面的电动车一直跑不动，蜗牛一样让人着急。电动车后座上反坐的小女孩，手里拿着棒棒糖，正玩得起劲。她让艾艾想起童年，想起半只瓶盖。过减速带的时候，棒棒糖掉了，像一只逃亡的卡通叹号，落在艾艾眼前。

女孩揪着父亲的腰带摇，爸爸，糖掉了！

艾艾猛蹬一脚，赶在女孩下来之前，把自行车滑过去，左脚点地，燕子一样抄起棒棒糖。

小女孩挂着一串口水，看得都忘了眨眼。要不是后边有车辆陆续停下，艾艾真想替她把口水擦掉。她把棒棒糖递给小女孩，潇洒地摆摆手，路面又恢复了畅通。行人和车辆像一条条入海的鱼，继续向前游去。

救护车开过来，艾艾扫了一眼车上的急诊病人，心想，幸亏通了。

早八点

幸亏通了。那么徐利明赶到医院，推门的时候用了点力，哐一声响，大家都回过头，主任说你小子一大早喝高了？

徐利明抬头看看墙上的钟，差十分八点，他笑笑说，主任，我没喝酒，但是，我拿到房钥匙了。

啊？哈！

一句话为即将开始的晨会注入了兴奋剂，小护士们纷纷起哄，哇，徐医生请客！

中午请客。

别，别别，后天，后天请。

为什么？

明天，要陪艾艾骑马，并且求婚。徐利明红了脸。

主任赶在新一轮起哄之前抬起双手朝下压了压，好好好，我做主，后天徐利明在唰里哈请全科吃大餐，啊。现在开始晨会。最近上级对作风整顿抓得正严，特别是小徐，别尽忙着洞房花烛，啊，忘了上班时辰。

大家又笑。

徐利明也笑，一边取下挂钩上的白大衣，舒了口气。

九点钟

九点多，徐利明接诊了一位老太太。老太太话多，喜欢瘪着没牙的嘴乐。陪她来看病的孙子木讷得少见，说话就像水龙头滴水，一个字一个字往外滴。孙子的话都被奶奶说了。徐利明一再强调老人年龄大，手术有风险，孙子仍然固执地摇头，她不喜欢——吃药。横竖就这一句。

不喜欢吃药。这也是手术指征？徐利明觉着好笑。

问病史的时候，病房里只有老太太一个人，她一边嘘嘘嘘吹着口哨，一边把一捆青粽叶往床头柜里塞。

这小老太。徐利明笑着问，李奶奶，准备包粽子啊？您孙子呢？

老太太答非所问，我孙子，知道我吃药难，非逼着我开刀，呵呵！嘘嘘嘘——嘘嘘——她又吹起了口哨。

徐利明有点着急，拿着病历本站在床尾，提高声音问，李玉梅是吧，您孙子呢？

钢柱啊，他出去买水果去了。别看我没牙，吃花花牛可好，面吞吞的。这孩子孝顺，知道我爱吃，嘿嘿。

老人有点聋，徐利明看她也明白，生育史、家族史、过敏史，一项一项挨着问。

老人说，没有，都没有。要不是这病，我身体好着呢。我怀着钢柱他爹，正打老日，从地里回来，就听见头顶飞机响，心想坏了，跑吧！嘿嘿，真给我跑脱了。可惜啊，东边老坤跟我隔个田埂，当场被炸死了。哎！钢柱这孩子，妈得痨病死的，哥跟他爹斗嘴，被他爹一扁担抡上吊了。爹活到六十多也下世了。就我啊，能活。要不是人家都说老不死，呵呵……

老人很健谈，徐利明跟她聊了会儿，直到钢柱回来她还在说。钢柱拎着一兜花花牛苹果，笑嘻嘻地说，我奶，能说整宿。

呵，那不能老说，您得注意休息。

老人就不说了，又吹口哨。

见徐利明站起来要走，钢柱忙掏出水果刀，拿个花牛苹果在身上蹭蹭说，徐医生，吃——吃个苹果。

不了，忙着。徐利明趁机把病史又核对一遍，问到过敏史，钢柱先是说没有，后来又说，哦，有一回，输液反应了。

什么症状？徐利明警觉地问。

地米反应了。

地米是治疗输液反应的。

就是地米，刚下几滴，她就难受，脸白，抽筋。诊所的人说，是——地米反应了。

哦，那不是输液反应，应该是过敏了。

地米是抗过敏药物。她对地米过敏。好险。徐利明不觉出了一头冷汗。

新一天

一夜无事。

徐利明交完班，一边洗手一边在心里高呼护士节万岁。赶到女友家，艾艾还没起床。

艾艾穿着米老鼠睡裙刷牙，徐利明站在后边解释，前几天去省里参加急诊培训，回来就是主班，所以——说着话转到前边弯下腰，左手举花，右臂展开做了个请的动作，说，艾艾，嫁给我吧！

艾艾显然吃了一惊，噙着牙刷，结结巴巴地说，秀（求）婚，好像不是热（这）动我（作）。跪！说完自己憋不住，先咯咯笑起来，笑得白沫子乱飞，滴到胳膊上、头发上，还有徐利明脸上。一屋子的薄荷味。

艾艾突然扔掉牙刷，紧箍住了徐利明的脖子。

徐利明把头埋在一堆芬芳的发卷里，被箍得有点晕。

艾艾说，亲爱的，我们去广场参加纪念活动吧。说完抬起头，一双湿漉漉的眼睛巴巴地望着他，生怕再像以前那样遭到拒绝。又补充说，5·12护士节，也是汶川地震纪念日。

徐利明抹去她嘴角一滴白色的泡沫，说，你去换装备，我在楼下等你。

很庆幸我们还活着。艾艾却没有走，眼神迷离，她腻得离徐利明那么近，粉嫩的唇摆明了是一场诱惑。徐利明大着胆子吻上去。艾艾就觉着嘴唇被一条带齿的鱼咬了，疼疼的，甜甜的，又痒痒的。

乡下真好啊。徐利明站在草地上感叹，真不知哪个天才设计的，把他们这些城里人引过来，备好了红花绿水、土狗老屋，还有出租的马匹、放生的金鱼，供他们消遣。

艾艾一袭白裙落马背上，像一片云。徐利明把她抱下来，赖着不肯松开——他又想吻她了。接吻也会上瘾的。

艾艾蜷缩在他怀里，面颊绯红。徐利明便长驱直入了。

棕红的马儿看见两个人在草地上翻滚，禁不住高兴，扬起前蹄打了个响亮的喷嚏。

尾声

徐利明进手术室的时候还有知觉，已经发生的事像一缕长长的电影底片，在脑海里不停地抽拉、过滤。

蓝茵河。小女孩。减速带。

麻醉师敲安瓿。

黄绿花纹的棒棒糖。那花纹，像龙卷风。

穿刺成功，凉凉的液体进入血管。

争吵。主任的脸。取下挂钩上的白大衣。

麻醉师说，好了。

采集病史。再问一遍。过敏史，到底有没有。

小徐！小徐？有人叫。

徐利明想回答，张不开嘴。

过敏史。找不到钢柱。倒下。是身躯撞击大地的声音，真响。像旷野，古人擂响一面大鼓。

小徐，你可以睡了。麻醉师在耳边柔声吹气。

不，不能睡。钢柱，只有一个奶奶……

小徐身体壮，能挺过来。那小子得判死刑。

钢柱，还年轻。徐利明有点急，想坐起来，身体不听使唤。那些声音好像从井口传来，他在坠落，坠落。这口井多深啊。

所有的人都远了。

徐利明从容地取下挂钩上的白大衣……

原载《广西文学》2014 年第 2 期

马骨琴

农历二月，石角街到处弥漫着嫩树叶和青草的香味。在这香味里，我背着皮书包，牵着二婶的手，走在通往新学校的马路上。

我的皮书包在学校吸引了众多围观者，我由着同学们赞美，闭口不谈皮料来源。二叔割下垃圾箱里一只旧沙发所有的皮子，除了给我做书包，还做了两个挎包，他跟二婶一人一个，在当时的石角街，简直时髦得不像话。为了配皮包，二婶特意换了身干净衣裳，有晒过的肥皂香味，母乳一样让人留恋。她走的时候，我甚至没有听到老师点名。好学生秦小阮，转学第一天就挨了板擦。

放学的时候我哭了，不是因为人生第一次挨板擦，而是因为迷了路。

石角街的道都是斜的，整个豫南，你再找不出这么考验记忆的地方。石角街人懒惰成性，年年守着老祖宗的产业，瓦都懒得换一片。清一色的鱼鳞瓦单匹墙，背靠背或者嘴对嘴，凑成网状的小巷，不熟悉的人一旦绕进去，就出不来了。要么进了死胡同，要么就回到了原地。我钻了好几条胡同，结果都在同一巷口被吐出来，干脆蹲在地上哭起来。

你是赵荣家亲戚吧？

我正哭得来劲，随着苍哑的女声，身后伸过一只手，搭在我肩上，细而弯曲的指甲，让我想起二婶的泡鸡爪。我不敢再哭。鸡爪没有抓碎我的骨头。那是一张白得发青的脸，下颌尖得像正准备写字的铅笔头。我没见过下颌那么尖的女人，挣一下肩膀，没有挣脱。

她喘了口气，说，要想回家，就乖乖跟着。说完歪歪斜斜向前走去，踩出的每一步都是虚的，让人看不清到底走了还是没走。

她把我送到家门口，交代说，学校门口是解放路，顺解放路往西，中间的巷口都不要停，见菜场朝南，到城关火神庙……她说话的时候对着我的脸，喷出一股股冷气，好像嘴里含了冰。我抬头看看天，大好的太阳，竟然晒不化她嘴里的冰。

第二天，我按照她的指示，先是菜市场，接着挂毛主席半身像的火神庙，再然后，就到了甜水井。紧挨甜水井，是两间半新的大瓦房，门口一棵疙疙瘩瘩的枣树，那个女人端着一只搪瓷碗，就坐在老树下喝药。头戴白帽，身包宽大的男式对襟灰棉袄，脚下一双突兀的大头棉鞋，整个人，就像树上的一个老疙瘩。她没有发觉我在看她，白帽子按碗里，喝得起劲，喝完还要瞪大眼睛检查一下，喝干净了没有。

　　我经常撞见她喝药。坐门槛上或者枣树下，喝得慢条斯理源远流长，仿佛她喝的不是药，而是不能辜负的日子。

　　豫南春天短，这边刚脱掉冬棉袄，那边太阳就毒了。虫儿飞了，枣树叶子肥了，罩着铅笔女人，绿汪汪一大片。埋在树下的药渣，把虫子也养得又肥又胖。二婶的小毛鸡在老母鸡带领下，总是叽叽叫着往她院里跑。每天傍晚，我都要把围着树扒虫的鸡赶回家。她闭眼坐在那儿，不见我，我也不多话，三天两头的，竟是谁也没搭理谁。

　　事实上，我并不讨厌她。

　　她只是让人感觉不舒服。比如，我喜欢穿裙子，纯白的亚麻布裙，辫梢扎两根红绫。在天还不够热的时候，已早早把裙子拿出来，显摆整整一个夏天。而她却突然让我对裙子产生了怀疑——在我光着手臂小腿，汗流不止的时候，她还包着老鼠灰大棉袄，没一滴汗。我断定她没有汗毛孔，眼瞅着她顽固地坐在树底下喝药，喝完拉长脖子，冰糖放嘴里，咯咯吱吱地嚼，嚼得我每一寸裸露的肌肤都感觉到了寒意。脖子，胳膊，直到小指头。我怀疑季节判断失误，一边走一边回头张望，直望到灰疙瘩化成一坨软泥巴，方才替她感到惋惜。或者，彻底化到泥里倒也干脆。

　　放学回来，她还在睡，肥大的袖管紧捂着膝盖，生怕灌了风。我背着书包站旁边看着，真怕她就这么睡过去了。她的白帽子周围，没有一根头发丝，联想到之前的不出汗，我猜想可能是光头，便弯下身，又往前迈一步，不想踢翻了药碗，药渣里拱出一条软塌塌的蚯蚓。我咯的一声转身就跑。

她在后边追，慢，慢点！破竹筒里抽拉出来的声音，简直要把人榨出油。我捂上耳朵，回头张望，大棉袄好像寒风里的一把干芦苇，还在飘飘忽忽前移。我立马住了脚，我怕她真的会像干芦苇那样咯吧一声断了。再说石角街巷子窄，常年不见阳光，青砖路面早爬满了青苔，湿溜溜根本不拿脚。我刚来的时候，曾经很奇怪，二叔二婶的鞋子怎么都是绿的？后来我发现我的鞋子也是绿的，石角街所有的鞋子，都是绿的。外边的人，喜欢盯着我们的脚，玩味地问一句，石角街的吧？我经不起调侃，回家拿刷子使劲刷。二婶说，小阮，别刷了，刷也白刷。真是白刷，那绿毛，顽固得碱面都刷不掉。我们的生活快被青苔给埋了，但我们粗壮，肥大，倒是那霸着巷口宽敞地的女人，整日晒着太阳还晒不掉大棉袄。难怪街坊们叫她"药罐子"。

发现"药罐子"的秘密，纯属偶然。

源于对音乐和画面的天生敏锐，我喜欢琴。附近每晚都有人拉琴。我躺在床上，听着听着，眼前就飞出了一群小鸟，蓝色的月光下，嬉闹，蹦跳。

我忍不住悄悄溜下床，扭开门，走出巷口。

月亮又滑又亮，甜水井只不过是一个静默的黑点。虽说甜水井的水是甜的，街坊们点豆腐也只认甜水井，但是，真的会从一口井里飘出琴声吗？

一曲终了，余音散去，只剩下风吹着月亮，还有满地的树影婆娑。

有一个人在"药罐子"门口，像我一样悄无声息。海棠红高领毛衣，绣花流苏披肩，兰花指，小碎步，眼波流动，款款盈盈。看样子，她在唱戏，无声戏。她让我一刹那明白了所有属于女人的美好。后来我知道，那叫"风情"。

女人"唱"了一会儿，坐在椅子上，手里多了把琴。我看到她铅笔一样的脸在月光下柔和了许多。

原来，她是有头发的，绾在头顶。

她又拉琴了。寂静的群山，薄雾，彤红的云，溪水边第一声鸟叫，唧——

植物开花了，芽儿努嘴儿了……

山道上扯出迎亲的队伍，吹吹打打，骑马的新娘，红嫁衣……

夜风掀起披肩，女人哆嗦了一下，一双吊梢眼却流露出白日见不到的媚气和喜气。我一下子喜欢上了那双眼睛，虽然，我不知道尾梢上翘的眼睛就是丹凤眼。

这有点像古桥上的恋爱。我想我喜欢上了一个女人。喜欢上了她的琴，还有琴声里的小鸟。

风停，琴声戛然而止。鸟儿扑啦一下飞走了。

她脖子边赫然挺着一把雪亮的刀。

拿刀的人蒙着脸，叫人看不出是谁。我也不知道他什么时候来的，等终于明白，他是个歹人时，却只迈出左脚，再迈不出右脚，窝囊得只会淌眼泪。眼泪也会淌出声音，我忙用手背擦去。

别动！

她放下琴，铮的一声响，慢慢直起身子，忽然恶狠狠向刀尖横过脖子。我的心唰一下凉了，然而，却清楚地看见，男人后退两步，刀子，当啷落地。

我从地上爬起来，拎死蛇一样把刀扔进井里，跑进屋，拿条线毯盖她身上。

她在毯子下发抖。

我蒙了。男人临走骂她是破鞋，说还会再来的。她真的是破鞋吗？刚才，为什么不呼救？为什么白天黑夜两个样？我越琢磨，越觉着她就像人说的，可怜之人，必有可恨之处。那么，她就不是一个好女人，她对不起我的喜欢。我有点恼火。

谢谢你，小阮。她说。

我刺猬一样竖起满身刺，严厉地对她说，不准叫我小阮！又觉着有必要，为了所受的蒙骗再做些什么，就使劲朝她脸上啐了一口，臭流氓！然后，像干了一件了不起的大事，抖着心，飞快地跑了。

我可以不理她，但是不能不理琴。每晚临睡前，我都把耳朵打结，耳朵自己偷偷解开，我再系上，它们再解开。我就没办法了，我说你们是最不听话的耳朵。

可是三天没有琴声了，想到她上气不接下气的样子，我想到死亡。那样的人即便死了，也不会有人知道，更不会有人吃惊。

没有月亮的石角街，是紫色的。飘过来的药味也是紫色的。一团一团的乌紫里藏了暗鬼，随时准备扑出来，把人拖走。我东张西望跑到甜水井。

有一只萤火虫趴在药罐子的门鼻上，明明灭灭，奄奄一息。我刚要抬手拍门，听见里面的床吱呀响了一下。

过了一会儿，我又听到那支熟悉的曲子了。真是啊，她怎么可能不拉琴呢。

据说，"药罐子"是青衣和官员的私生子。官员怕影响政途，留下所有积蓄，打着支援边疆的旗号溜之大吉，对她们母女，就像甩掉脚后跟的一坨臭泥巴。"药罐子"自幼跟青衣"师傅"学戏，凭着天生好嗓子，自然红了。但她始终无法确定，谁是自己的生母。有一年她下乡淋了雨，回来就开始发烧，打针吃药都不管用，连烧四天四夜。再开口说话，就像地狱里跑出的恶鬼了。青衣不停给她洗冰水，才保住一条命。青衣给她一把祖传的胡琴，在剧团当了伴奏。冰水也给她种下了病根，她越来越怕冷，正拉着琴，忽然冷得坐不住。后来青衣不在了，她被好言相劝回家养病。剧团团长承诺说，病好了还可以回来。她拿出多年积蓄，在石角街挑一处向阳宅院，就在甜水井旁边住下了，每天把喝药当任务，等着病好了，回剧团呢。

还有一种说法，说她自幼跟瞎子拉弦子唱戏，偶然被团长探到戏班，才有了后来的发烧破嗓。

我辨不出两个版本的真假，但我真诚地替她委屈。无论哪个版本，她都不能活得更加明白些。

她后来收养了一个小叫花，在石角街。

孩子随她姓叫何家欢，门齿奇大，两齿间距离遥远，留下的齿缝，装得下一颗绿豆。

人家问，家欢，几岁出来的？

他踢一个坏土豆。

又问，家是哪儿的？

他冲人龇龇大板牙，吐出两个字"新疆"。

她笑了，说你那两颗牙，上辈子有仇。

人又说，送你回新疆去。

何家欢摇摇头，咬着下唇，故意把鸿沟齿缝再突出一些，逗得"药罐子"直咳嗽。

"药罐子"咳着咳着就忘了喝药，每天慢腾腾地洗衣做饭，灌油买菜，不亦乐乎。那么多的蚯蚓没白喝，她脸色一天比一天红润，穿着海棠红毛衣，竟是完全康复的样子。那年费翔的"一把火"烧红了半边天，烧得青年男女找不着北，报上说是"奇迹"。依我看，他最神奇最值得称颂的不在于此，而在于烧掉了"药罐子"的大棉袄。

脱去大棉袄，我们才发现她比谁都干净。我们洗菜到水房或者护城河，她不，她用井水洗。一把小白菜一碗米，糟蹋半桶水。她不会摆水。摆水是技术活，绳子系着桶鋬，在井面上来回晃，越晃越快，直晃到桶身倾斜，一抖绳，桶就咚的一声扣下去，顺势灌满水拉上来。她呢，站井台上只会磨桶鋬，吱吱扭扭，磨得旁边的人着急了，还听不到咚的一声响。遇上了，大家都会搭把手。她不知道稀罕，洗菜淘米也就罢了，洗手也用井水。一双手在盆子里洗啊涮啊搓啊，完了用指甲抠，手心手背指甲指缝手指肚，抠得人冒汗。

"药罐子"走路腿不跟心，往往身子没到，额头先伸了出去。为给儿子改善生活，她整天提着编篮怪模怪样走在去菜场的路上，脚步迟缓而急切。遇到年轻人手拉手骑着自行车，她都下意识地躲避，生怕自己的慢，阻碍了年轻人的脚步。

有些人注定是走在前边的。前两年护城河起了淤泥，有人种上莲藕。这年夏天，浮起三两枝瘦荷，到了黄昏，就有很多蜻蜓在花间忙碌。也有女人在河边淘米洗菜，刷车子。"药罐子"扎着黑亮的马尾，穿着海棠红毛衣，也去了。

她在前面走，我在后边跟，大着胆子走到身后。我说，对不起，我不该吐你。这句话酝酿太久，说出来连舌头都僵硬啦。

她噗的一声笑了，说，傻丫头，六姨跟孩子记仇啊。

啊？噢！嘿。我语无伦次。她反应之快让我吃惊，接着

恍然大悟（她知道我跟着呢），再接着，又开心又不好意思
起来。

虽然第一次搭话，但我坚信她跟我一样，早熟悉了彼
此。我不知道她为什么让叫六姨，就叫了，六姨，你喝那么
多药不苦吗？

没办法，捏着鼻子灌，吃床腿似的。

病好了，还回剧团吗？

回不去喽。

怎么回不去，他们答应过不是嘛。

呵！你没少做功课啊。

我嘴上没说，心想比这知道得都多呢。那首曲子叫什
么？挺好听的。

曲子啊，没名。当年，师傅最喜欢的就是它。日子过得
越难缠，师傅拉得越欢快。

师傅是谁？我像个话痨。

我问过同样的问题，没人正面回答我。

她说着话，开始往回走。我赶紧跟上，那琴听起来不一
样呢。

是啊，那是马骨琴，快绝迹了。都是忙着往前走，走得
越快，丢的东西越多。早早晚晚，把自个儿都丢了才算圆满
喽。

我听不懂，说，何家欢的名是你取的吗？

合家欢。呵呵，像你这么大的时候，我看见人家结婚就

心痒，心想，我要是长大了，要么不结婚，要么，就踩着高跷去结婚。

踩着高跷啊？那你结婚了吗？我惊异地问。

结黄昏哦，谁要个病篓子。

你那么漂亮有本事，肯定有人要。要是没人要，我要。

呵！小妮子。

六姨，我喜欢你，还喜欢你的琴。

回头我教你。

第一次去六姨家，她戴着荷叶边围裙，正在折腾一条鱼。菜刀在鱼身上试探着，好像忘了从哪儿下手。

她对着挣扎的鱼叹了口气，哎，谁让你做了鱼哟，忍忍吧，我给你个痛快。说完闭上眼，把鱼高举过头顶，啪！摔下去，鱼就不动了。

如此宰鱼。我叫，六姨。

她指着地上的死鱼说，你早点来就好了。这东西，拿捏死我了。

早来又怎样呢，从小到大，我跟她一样没杀过鱼。

何家欢拎着棍子冲过来叫，六姨六姨，树上有马鸡鸟。

马鸡鸟？好，好好，我给你摘。马鸡鸟就是知了，六姨丢下鱼，探着额头磕磕绊绊去了。

太阳光把六姨的家切成一明一暗两个板块。暗影里放着五斗橱，两把椅子，对门一张梳妆台，摆着些贝壳做的蛤蜊油，霞飞护肤霜什么的。左边涂满了阳光，墙上的物件便有些不大真实，有一挂永远停在三点一刻的钟，还有一把纤秀的二胡。二胡顶端的马头倒是栩栩如生，弯着脖子，分明是一只害羞的小母马。

六姨取下琴递给我说，这就是马骨琴。

原来不是二胡。我拿着琴不敢乱动。

六姨说，琴筒是马的大腿骨做的。

残忍呢。

残忍？呵！不。六姨让我坐，接着说，马骨琴又叫马骨胡，壮语叫"冉列"，是壮族拉弦乐器。琴筒是马或骡子腿骨，一端蒙蛇皮、鱼皮或蛙皮。弦是牛肠弦或丝弦，马尾竹做弓。声音清婉嘹亮。

可惜，懂马骨胡的人越来越少了。

我抚摸着琴弦，仿佛触摸到了"四蹄雪"。

里间传来，《霍元甲》的嗨嘿对打，还有何家欢蹦跳呐喊的助威。

整个暑假，我一直跟六姨学琴。直到有一天，六姨家来了客人。来人拎着一兜点心，张口说请六六出山。

六六？我诧异地望着六姨。

六姨眯了眼问，您是？这一问，竟撕裂了那人手里的点心包，点心掉下来，碎了一地。他不相信地打量着六姨，似寻找声音出处。

六姨再去菜场，必绕道南街红星剧院，停上一会儿，摸摸镂空的门窗，再摸摸溜光水滑的大红圆柱子。离开的时候，便是连额头也伸不出了。红星剧院的圆柱子凭空给她长了二十岁年纪。可是还有何家欢呢。她没时间伤感，很快恢复了脑袋前冲，继续慢吞吞匆忙忙地劳碌。

我去市二中后，县里建了客车站。解放路扩宽了，两边栽的杨树划开蓝天，像两条青龙，齐刷刷游向远方。这种速度的暗示，让慢吞吞的六姨也开了窍，邀我周末学车。

她托人买了辆苹果绿自行车，说，何家欢不乐意骑。我暗笑她的私心。

宽敞的路面上，六姨骑着苹果绿自行车，是一道赏心悦目的风景。我喜欢看青灰路面上划出的绿弧线，喜欢看她抓着车把紧张的样子。在何家欢示意下，我们一起松手，轻轻往前一送，连人带车就出去了。随着一声尖叫，再看六姨，已是一头汗。

丫头小子，害我！

帮你呀。这么宽的马路，车没有一辆，人只有几个，你怕什么呢？我说。

六姨放倒车子，扇手喘气，冲已跑远的何家欢喊，你等着，坏小子，晚上没你饭吃！那一脸红，还有油汗。以前，她是从不出汗的。

我托着腮，蹲下来看她，笑。

六姨伸手打过来，还笑！我顺势接过那只手，生命线爱情线事业线，结合对她的了解，开始胡诌。她却听得认真，说，你说得对，我就是，就是。

弯弯曲曲的纹路在秋阳底下闪着光，让我想起迷路的春天，指甲奇长的手，还有铅笔脸白帽子，疙瘩树，老鼠灰大棉袄……这些零碎，多像镜框里拼兑的黑白照片。

有了自行车，身子永远跟不上脑袋的女人从此在马路上飞了。石角街也灭了一个慢腾腾的身影，似乎离繁荣更近了。

兜点心的那个人，又找过六姨一回，是冲着马骨琴。她没去。她说，我要去了，何家欢怎么办？扩路把甜水井扩没了，一停水好几天，到时候他连水都喝不上。总不能再回去讨饭。等初中毕业再说喽。

说这话的时候，距离何家欢毕业还有四年，马骨琴四年以后是什么样，我们谁都没去想。

上医专那两年，水泥厂纺织厂环城公路南山体育馆相继在石角街冒出了。唯一没变的，还是那些小巷，安分地交叉，静默，细致地长苔。只是我们的鞋子不再是绿的。绿鞋子永远从石角街消失了。皮革的鞋面不怕潮，也染不绿。后来的某一天，已经长成半大小子的何家欢，甚至踩了一双锋利的旱冰鞋，嗖一声从面前亮闪闪滑过。见到我他没有停下，顺着能并排跑四辆卡车的解放路，潇洒地冲向广场。身后摩托车汽车，喇叭齐鸣。我张张嘴，像当年六姨追我一样向他追去。然而他已跑远了，回头做着"V"的手势。阳光下，我没有看清那条鸿沟齿缝。

我在护城河边找到六姨。

那儿没有青蛙王子，也早没了碧叶荷花，连只活物都没有。河道里堆满纺织厂菜场的垃圾，引不来一只苍蝇。连续五个月的干旱，周围污水腐蚀的土地龟裂了，绿油油的秧苗被蜘蛛网裂口所代替，寸草不生，光得如陈列馆里的龟壳。我敏锐地捕捉到六姨的沙哑里，又多了一层新的东西，眼角眉梢的皱纹，鸦青，那都是属于年龄的。

水泥厂的浓烟从头顶翻卷而过，裹着太阳，像裹着一只没有着色的白草莓。我问六姨，红星剧院，怎么成了影都饭店？

时代发展了，有些东西就留不住。人啊，就是这么一边走，一边丢，直到哪天，连自个都丢了，才算圆满了。

第二次听这些话，我仍没懂，我说我不想丢。

你认为丢了的，不一定真丢。就像阿冉，失去"四蹄雪"，但她得到了爱情和马骨琴。从某种程度上说，并没有失去什么。琴在，马儿就在。

琴，还用吗？

怎么不用，用。她肯定地抱抱胳膊。

我说六姨，咱回去吧。

她露出喜气，走，摘枣儿去。今年的老枣树争气哦，一嘟噜一挂，树枝都压断了。

还吃药吗？

不吃了，石角街没有顶用的药罐喽，不经烧，一烧就破。人家也不喝中药了，嫌麻烦。全是颗粒冲剂，一服药，半碗水，一冲一调，三十秒速成。我呀，习惯了火炉子上熬药。煨上新煤，蓝色的火苗舔着砂锅底，不一会儿冒出软乎乎的白烟，看着就暖和。一个人熬个小半天，也不着急。如今这三十秒的药啊，说实话，我不敢喝。

小阮，甜水井没了，护城河也没了。听说，马骨琴都成了文化保护遗产了。

六姨，你看，蓝天也正消失呢。

那次谈话不久，六姨给何家欢换了新摩托。

何家欢载着六姨灌粉浆，路上，摩托黑亮的外壳化作锋利的翅膀，斜斜插向天空。落地的一瞬，六姨看见何家欢的衣服皱巴巴铺在地上，像一道咒符。

这是后来六姨反复描述的画面。

我赶过去的时候，一根细薄的警戒线，把六姨生硬地隔开，她堆在地上一声不响。

周围站满了人。

咦哎，娘哎！这惨！

那是孩儿娘，多可怜。

咋不哭？

是哑巴。

哑巴也会哭。

我挤进人群，瞄了一眼：地上是一件看不出颜色的拉链上衣，一条同样辨不出颜色的裤子，还有一双，红白相间的网球鞋。我在找，找……一声尖叫，被活活闷死在胸口——我再发不出任何声音。我发不出任何声音，颤抖着，抱住了我的一声不吭，脸上涂满鼻涕和眼泪的六姨。

她移过目光，做梦似的说，家欢的头……

六姨。我更紧地抱着她，想把她裹进我的身体，可是我不够宽大我包不住她。

六姨委屈地对我说，小阮，三轮车，逆行，他把我挤到了路中间……卡车太快了，太快了，我都没来得及。来不及你知道吗阮儿……他们怎么可以……像碾西瓜一样啊?!

六姨突然提高的嗓门，如同裂竹，终于让围观者纷纷后退。我看清了六姨眼里的恐惧，也看清了围观者的恐惧。

六姨昏过去了。

六姨躺在床上，小腿到膝盖都打着石膏。我只好买来她不喜欢的中药颗粒，一碗一碗冲给她喝。调着褐色的药汤，我拿不准粉碎的蚯蚓能不能在汤汁里复活，在她身体里钻穴打洞，疏通寒凝血脉，驱散经年累月的寒气。

一切都回到了从前。尖下颌，白帽大棉袄，疙瘩老枣树。六姨接着喝她从前的日子，只是手里多了乌杖，如同一支烟花散尽，冰凉焦黑的空花筒。

　　她就这么从一个年轻的六六，喝到我和何家欢口中的六姨，最后变成了女儿的六婆婆。那些药积起来，能汇成一条河。

　　2009 年石角街老屋平了，原地盖起一排排小洋楼。还有的，干脆买了电梯商品房。剩下为数不多几家老人，守着巷子，陪六姨。其中，有二婶。二婶没有生育。我出嫁后，经常一家三口回娘家，看二婶也看六姨。空空的巷子照样长青苔，只是不再潮润，干燥的褐黄远没了从前的生机。墙壁上排列整齐的青砖也扭曲了，如老人弯曲的指纹，印在那里，迟迟不肯擦去。

　　过不久，墙也会塌的吧？该劝劝二婶搬家了。我想。

　　寒症让六姨的腿关节不断僵硬肿大，彻底变形，就像两根强力拆开后无法再复原的麻花，挪了这一步，不知道下一步还能不能挪出去。而她总是心急，脖子前冲，脑袋上挑着白帽，如同晒干的老丝瓜吓唬小家雀。

　　自从何家欢去了以后，六姨每天都穿着大棉袄，站在院里敲瓢，倚着歪歪扭扭的老枣树，敲一下瓢唤一声，叨！家欢，回来喽！叨！何家欢，回来喽！苍哑的声音如同生锈的锯齿，执拗地切割着石角街的黄昏炊烟，切割着街坊们的神经。大家都在担心，她熬不过冬天。

　　偏那一年石角街供了暖。六姨身上长了肉，两腮松松耷下来，一笑挤满褶子，就像抹了糨糊没抻平的贴纸。

　　大家都说，还是六婆婆经熬。

熬到又一年春，六姨照样拄着拐蹭街门，跟老太太们聊天，嘎嘎地笑，一坐大半天。这样的日子，不胖都不行。

枣树衍花的时候，口儿爸考上了研究生，我们带着口儿一起去了他的上学地。我应聘到一家名头很响的私立医院，做了医生。冰冷的器械和随时发生的死亡，我变得力求语言准确，思维敏捷，不留存一丝一毫感性，迅速成长为当地有名的"阮一刀"。

手术总免不了意外，死了一个人，我不哭；死了两个人，我还是不哭。

夫君说你变了，你不是石角街的秦阮儿了。

我说你娶的不是秦阮儿，是"阮一刀"。

二叔打电话问我，春节回来吗？

回不去，排了手术。

五一临近，二婶打电话，阮儿，五一放假不？

单位组织旅游，我们报了名。我放慢语速，六姨，现在怎么样？

唉，一天不如一天。神神道道地半夜躺在床上唱戏，怪吓人的。说是跟着师傅讨了五年饭，本事不能废了。

讨饭？

那么，又是谁替她杜撰的青衣呢？如果我告诉她，现在有个叫互联网的东西，能让人一夜走红，她信吗？

最后一次见六姨，是在敬老院。

夏天的午后，屋里光线很好，足以看清她的每一根皱纹和白发。她肥胖，衰老，浮肿，赤裸着上身，鼓着肚子躺在床上，如同腐败发胀的水母。她胖得三个护工都搬不动，只好把床掏了窟窿，下边接着便桶。异味源源不断从那里散发出来。

六姨。挥手赶开吸在她脸上的一只苍蝇。

谁啊？她疲沓地应了一声。

是小阮，她来看你啦！二婶高声说，拉条被单给她盖上，瞧瞧身上光的，冷了一辈子，瘫了瘫了她倒不冷了。

哦，小阮，阮……坐，坐。急切的语调，说明她还记得我。

我陪她说了会儿话，前言不搭后语。

她示意我打开老棉袄盖着的木箱，取出一套寿服。连二婶都不知道她什么时候备下了寿服。衣服袖口绣着五彩花纹，裤脚膝盖镶着蓝红绿棉织阑干。还有一方折成玉兰花瓣的头巾，一件墨绿小围裙。我把衣服一件一件摊开，想起那个要踩着高跷去结婚的女子，心里一疼。

这一疼，便割去老茧疼到骨子里。

箱子最下层躺着马骨琴。我把它托出来，细细打量。我们都老了，它还是老样子，害羞的小母马一点都没有长大。

琴，是师傅的，老棉袄……也是师傅的。小阮，把琴带走。

师傅是谁？

别问我，我不知道。她有些烦躁。我只知道，在艺术面前……他比谁都高贵。

我坐下来摩挲着马骨琴，垫指，滑音，一个人的伴奏，时空隧道。

鸟鸣。泉水。朝霞。山道。

骑马的新娘。

不，不是马，是高跷。

漫山遍野盛开的杜鹃花，一波一波，如潮翻涌。

咳！六姨咳了一声。

我放下琴，慌忙找纸，还没送到嘴边。噗！她已无比爽快地把痰射到了墙上，像吐出一枚坚硬的子弹。

我赫然发现，整整一面墙全是她的子弹，满墙明晃晃的子弹。

原载《作品》2013 年第 8 期